恋文の技術 新版

森見登美彦

JN229369

ポプラ文庫

恋文の技術　目次

第一話　外堀を埋める友へ　七
第二話　私史上最高厄介なお姉様へ　三七
第三話　見どころのある少年へ　六一
第四話　偏屈作家・森見登美彦先生へ　八七
第五話　女性のおっぱいに目のない友へ　一一七
第六話　続・私史上最高厄介なお姉様へ　一四一

第七話　恋文反面教師・森見登美彦先生へ　一六三
第八話　我が心やさしき妹へ　一九五
第九話　伊吹夏子さんへ　失敗書簡集　二二三
第十話　続・見どころのある少年へ　二五一
第十一話　大文字山への招待状　二七三
第十二話　伊吹夏子さんへの手紙　二九九
あとがき／読者の皆様　三二八
新版あとがき／読者の皆様　三三一

第一話　外堀を埋める友へ

四月九日
拝啓。

お手紙ありがとう。研究室の皆さん、お元気のようでなにより。

君は相も変わらず不毛な大学生活を満喫しているとの由、まことに嬉《うれ》しく思います。その調子で、何の実りもない学生生活を満喫したまえ。希望を抱くから失望する。大学という不毛の大地を開墾して収穫を得るには、命を懸けた覚悟が必要だ。悪いことは言わんから、寝ておけ寝ておけ。

俺はとりあえず無病息災だが、それにしてもこの実験所の淋しさはどうか。最寄駅で下車したときは衝撃をうけた。駅前一等地にあるが、目の前が海だから、実験所のほかは何もない。海沿いの国道を先まで行かないと集落もない。コンビニもない。夜の無人駅に立ちつくし、ひとり終電を待つ俺をあたためてくれる人もない。流れ星を見たので、「人恋しい」と三回祈ろうとしたら、「ひとこい」と言ったところで消えてしまった。どうやら夢も希望もないらしい。この先、君が何かの困難にぶちあたった時は、京都から遠く離れた地でクラゲ研究に従事している俺のことを思い出すがよい。というか、君も能登《のと》へ来い。そして、この孤独を味わうべきだ。

指導してくれる谷口《たにぐち》さんという人は妙な人だ。むかしの刑事ドラマに出てくる犯人みたいなジャンパーを着て、髪はくるくるで、体はがりがりである。金曜の夜になると実験室の物陰でマンドリンをかき鳴らし、自作の歌を裏声で歌う。男に捨てられた女の歌だ。そして謎《なぞ》の腔腸《こうちょう》動物をひたしたコーラを飲み、涙目になりながら「どうだ?」と俺に無理強いする。その不気味な液体は精力を増強させるそうだ。この静かな海辺で黙々と精力を増強し、いったい何にそなえるというのか。

ここへ送り込んでくれた教授に、俺は一生涯、感謝の念を捧げることであろう。

俺がアパートを借りたのは「七尾《ななお》」というところだ。能登半島の根っこにある町で、実験所から電車で三十分ほどである。アパートのまわりは、美術館や高校がある。昨日は土曜日だったから近所を散歩してみた。駅の向こう側には商店街とか大きな公園があるらしいから、いずれ出かけてみようと思う。しかし、知らない町で暮らすのは初めてだから、どうも落ち着かん。

今日は一日中、アパートの部屋にこもって手紙を書いている。

この一週間、実験所ではほとんど喋《しゃべ》っていない。喋ってくれるのは谷口さんだけだ。会話の半分は怒られている。谷口さんは俺を叱《しか》り飛ばす合間にクラゲを観察し、謎の液体で精力を増強してばかりいる。

京都の暮らしがなつかしい。荷造りしながら「俺という大黒柱を失う京都が心配だ」と嘆いていたら、「その前に自分の将来を心配しろ」と妹に言われた。女子高生のくせに、しばしば本質をつくのが彼女の悪いところだ。あれでは幸せになれんよ。

　サンダーバードに乗って京都を去るとき、わざわざ雨の中、京都駅まで見送りに来てくれたことを感謝する。君と別れたあと、琵琶湖《びわこ》西岸を北へ走るうちに雨が小やみになり、比叡山《ひえいざん》に連なる山々の方角に美しい虹が出た。枯れた田んぼの畦道《あぜみち》を、母親らしき女性に手を引かれた少年が歩いていた。「おや」と思っていると、彼は何かを結びつけた赤い風船を空へ飛ばしていた。駆け去るサンダーバードの車窓から見た一瞬の光景だが、我が栄光の未来を暗示しているにちがいない。美しい虹と赤い風船。

　せっかくの機会だから、俺はこれから文通の腕を磨こうと思う。魂のこもった温かい手紙で文通相手に幸福をもたらす、希代の文通上手として勇名を馳《は》せるつもりだ。そしてゆくゆくは、いかなる女性も手紙一本で籠絡《ろうらく》できる技術を身につけ、世界を征服する。皆も幸せ、俺も幸せとなる。文通万歳。

　これからも手紙くれ。何か悩み事があれば相談したまえ。

匆々頓首《そうそうとんしゅ》

守田一郎《もりたいちろう》

小松崎友也《こまつざきともや》様

＊

四月十五日

拝啓。

花見会の報告ありがとう。賀茂川《かもがわ》べりでバーベキューは素敵なことですな。伊吹《いぶき》さんも顔を見せたそうでなにより。彼女は元気そうだったか？

京都の桜の名所は人でごった返しているだろうが、こちらは静かである。駅には桜並木があるから、毎日花見のようなものだ。写真を撮ったので同封しておく。仏頂面でうつっているのは谷口さんである。なんで谷口さんがいっしょだったのか思い出したくない。能登の想い出の名場面には、いつも谷口さんがいそうな予感が悪寒を連れてくる。

前回の手紙にあんなことを書いたら、君からさっそく相談をもちかけられたので俺はびっくりした。しかもそれが恋の相談だったので、なおさらびっくりした。阿呆だ阿呆だと思っていたが、そこまで阿呆とは知らなんだ。俺の座右の銘は「机上の妄想」である。こんな腐れゴミ虫に恋の相談をして、どうにかなると本気で思っているのかね。たとえどうにかなるものでも、俺にかかればどうにもならんと思う。俺なりに考えるに、まず君がやるべきことは、意志を強固に固めて、第一歩を踏み出すことだ。意志の力を強めるにはどうすればよいか——吉田《よしだ》神社に願を掛けるのだ。

吉田神社は縁起が悪いと君は言うだろう。確かにあの神社は、合格を祈願する者は大学に「落ちる」、単位取得を祈願する者は単位を「落とす」ことで名高い。しかし考えてみたまえ。恋愛問題に関するかぎりはそれがイイのだ。なんとなれば恋というものは、自分は「落ちる」ものであり、相手を「落とす」ものだからだ。清《きよ》水《みず》の地主《じしゅ》神社とか、嵐山《あらしやま》の野宮《ののみや》神社よりも霊験あらたかに違いない。何か好きなものを断ち、恋愛成就を祈るがよい。

俺がいいかげんな洒落《しゃれ》で君の悩みをごまかそうとしていると思うか？

ごまかしているのである。

桜舞い散る賀茂川べりで新入り四回生に恋をするなんぞ、許し難いよ。青春ドラマの主役になったつもりか。修士課程の一年目に、今さら失われた青春を取り戻そうとしても手遅れであると俺は言いたい。流れ星に君の健闘を祈ってやろうかと思ったけど、甚《はなは》だしく億劫《おっくう》なので止《や》めといた。

脈絡なく思い出したけど、俺は気になる女の子の夢を見るのが得意である。かつて、高校から大学までの気になった女の子（アイドル含む）が総出演する凄《すご》い夢を見たことがある。実家の居間に意中の乙女たちがみっちり座って、無言で「きなこ餅」を喰《く》っていた。嬉しいより怖い。対処できなくて裏口から逃げたよ。

なぜ俺がこんな話を書くか分かるか？

べつに意味はないのだ。教訓を求めるな。

草々

オチが決まらず吉田神社へ祈った守田一郎

青春小松崎様

＊

四月三十日
こんにちは。お手紙拝読した。
たしかに君の言う通り、春は落ち着きのない季節で、誰もが新しい自分を求めて右往左往しているような気がする。泰然自若として暮らす大器晩成型の俺としては、そんな人たちが一人残らず馬鹿に見える。この実験所の救いは、希望に燃え上がる熱視線で上級生を焼き尽くそうとする新入生たちを見ないですむことである。

今の俺に見えるものは、山と海の間を静かに駆け抜ける能登鉄道。無人の能登鹿《か》島《しま》駅。春の陽射しをうけて、おだやかにきらめく七尾湾。その向こうに浮かぶ能登島の島影。そして、なんとなく人生の袋小路に迷い込んだ印象を漂わせながら闇雲《やみくも》に精力を増強する谷口さんである。まるでこの世界に俺と谷口さんしかいないようだ。君、よく考えると、これは悪夢以外のなにものでもない。

ちなみに、先週末は谷口さんの車に乗せてもらってツインブリッジを渡り、能登島へ出かけてきた。水族館でイルカを見て、帰りには和倉《わくら》温泉というところに寄った。「総湯《そうゆ》」という共同浴場に行った。温泉宿に泊まらなくても、銭湯並みの値段で温泉を満喫できるのだから、これは素晴らしい仕組みだ。湯船は広い、天井は高い、露天風呂もある。湯煙に包まれて、谷口さんと望みも望まれもしない裸と裸のお付き合いである。くれぐれも誤解してくれるな。

それにしても君のことが心配である。

君の恋はまだ冷めないばかりか、いっそう混迷の度合いを深めているようだ。しかも君は狙い澄まして誤手を打つ。吉田神社に願を掛けるのはいいが「成就するまでパンツを脱がない」とは、どういうつもりだ。パンツ番長にでもなるつもりか。むしろ、何ひとつ成就すまい。成就するはずのものまで成就すまい。

和倉温泉で谷口さんがとくとくと語ったところによれば、男は顔かたちの美醜ではなく、まず清潔感が第一だそうだ。だから彼はしばしば和倉温泉に来て男を磨くという。俺も磨こう。磨いて磨いて磨き倒す。悪いことは言わないから、君も磨け。腹まわりなどは念入りに磨いて、すり減るぐらいがちょうど良いと思う。

パンツはきちんと穿《は》きかえるとして、何を断つべきか。

君は二の足を踏んでいるが、俺も桃色映像を断つのはおすすめしない。ただでさえ理性を失っているところで、欲望の捌《は》け口を失えば犯罪に走るかもしれん。汚れた心は今さら清くならないのだから、桃色映像を我慢するのは百害あって一利なしだ。

そういえば昨日、駅向こうの商店街へ行ってみた。偶然立ち寄った小さな書店のおじいさんと仲良くなったのだが、古いビデオがたくさんあった。昔はレンタルしていたのだが、最近は大型レンタル店が台頭して、もう借り手がないらしい。「タダで持って行っていい」という嘘みたいにありがたい話で、むろんパッケージが褪《たい》色《しょく》した歴史的価値の高い桃色映像もある。俺もビデオデッキを入手しなくてはならぬ。

俺の桃色事情はどうでもよかった。

そういえば、君はいつもマシマロをもぐもぐしてる。「最近マシマロに似てきた」とみんな言っていた。「廊下に大きなマシマロがころがっていると思って蹴飛《けと》ばしたら小松崎君だった」と大塚《おおつか》さんも言った。

したがって、今後一切、マシマロを断て。「マシマロみたいなふわふわ感が俺のチャームポイントであるわけなのです」と君はつぶらな瞳に涙を溜めるかもしれないが、チャームポイントが広く世に認知される前にマシマロになっちまうぞ。

ところで、ゴールデンウィークに何をするつもりだ。ほのめかすぐらいならちゃんと書けよこのマシマロ野郎が。彼女を攫《さら》って鞍馬《くらま》へ逃げるとか、犯罪はいけませんよ。まずは着実に外堀を埋めましょう。

研究は着実に進んでいるか？

と、戯れに本質をついてみたりするお茶目な俺を許せ。

俺も進んではいない。おれはいったいクラゲなんぞというものの何に興味をもったのだろうか。研究はむしろ後退戦の様相を呈している。多事多難。

では、さらばぢゃ。

恋も仕事も後退戦　イチロー・モリタ

マシマロ小松崎様

＊

五月十一日
拝啓。お元気ですか。
先週電話してきたのを憶えているか。べろんべろんに酔っぱらっていたので、おそらく憶えておるまい。大塚さんに酒を挑むのはよせ。しかし、大塚さんはたちが悪い。「俺がイルカの尻を追いかけている」なんて、何をどう誤解したのだ。
妹に頼んでおいた実家のビデオデッキが届いたので、昨日は歴史的価値の高い桃色映像を求めて、商店街の「みのわ書店」へ行ってきた。「花嫁のれん」というのがこのあたりの名物で、先週から商店街のあちこちでぶらさがっているが、俺の桃色に染まった眼中にはない。というわけで美しき花嫁のれんを鼻息でかきわけるようにして書店に乗り込んだのだが、書店主のおじいさんは俺をたいへん知的な若者として遇してくれ、世間話をしているうちに、かたちだけでも優秀な学徒のふりをする羽目に。おじいさんの薦めてくれた城に関する本と、「ゴーストバスターズ」「フラッシュダンス」「コクーン」の色褪《あ》せたパッケージが鞄《かばん》の中にある。紳士であることを今日ほど呪った日はない。俺の網膜が桃色を求めている。郊外のレンタル店に行こう。

和蠟燭《わろうそく》の店をのぞいたりしたあと、駅前のミスタードーナツに寄った。そこで君からの手紙を読んで笑いころげ、店員に不審そうな目で見られてしまった。他人が恋路で煩悶《はんもん》しているのは面白い。君だって自分のことは棚に上げて、他人を嘲笑《あざわら》った経験があるだろう。ないとは言わせませんよアナタ。

流鏑馬《やぶさめ》神事に三枝《さえぐさ》さんを誘えなかったのは残念だが、この詩を贈れなかったのは不幸中の幸いである。下鴨《しもがも》神社の神が君の阿呆さを哀れんでくれたにちがいない。執拗《しつよう》に繰り返される「ラブリーラブリー」は読む者の気力を情け容赦《ようしゃ》なく奪い去り、中盤の「桃色のやらかいマシマロ」に彼女を譬《たと》えるあたりは君の助平さが遺憾《いかん》なく発揮されて下劣きわまりなく、終盤の「たとえこのパンツ脱げなくても」以降は、それこそ何を目指して書いたのか理解できない。この詩の破壊力を前にすれば、どんな懐の深い女性も裸足で逃げ出すであろう。君は「特殊軽音サークルにいる」と言っていたが、「特殊」というのはこういうことだったか。出会って五年目にして腑《ふ》に落ちた。

このところ実験も失敗続きで俺は不機嫌である。七尾湾はおだやかで、能登鹿島駅のホームにこぼれ落ちそうな森の新緑も美しいのに、俺の心は晴れない。あんまりむしゃくしゃするので、マンドリンをかき鳴らしている谷口さんに、君の詩を朗読して聞かせたら、「死ねばいい」と言われたよ。

もちろん、マシマロを断ったのはえらい。

それは認める。

しかし三枝さんについて書いた文章を読んでいると、君がいかに理性を失っているかということがよく分かる。もともと君は眼光鋭く真実を見抜くという男ではないし、むしろ本質をつねに見逃すうえに見逃したことにも気づかない薄ぼんやり屋さんとして名高く、大塚緋沙子《ひさこ》大王にはマシマロ扱いされて蹴飛ばされたりしていたわけだが、いよいよ君の脳みそが本格的にマシマロ化してきたのではないかと俺は心配している。今さらマシマロを我慢しても、もはや手遅れなのかもしれない。

君は、彼女が「実験でお茶目な失敗をする」のが可愛くてならぬようだが、それは単なる不器用と準備不足が原因で、これは怠惰の証《あかし》である。実験に失敗ばかりしている俺が言うのだから間違いない。「研究室の隅で物思いに沈みがち」な彼女の翳《かげ》りある表情を讃えているが、しかし彼女は物思いに耽っているのではなく、何も考えておらんのだと俺は思う。読書家ということだが、読んでいるのが森見登美彦《もりみとみひこ》ばかりというのは、いささか偏っているのではないか。君は他にもあれこれ例を挙げて彼女の「慎ましさ」を讃えていたが、それは慎ましさというより単なる引っ込み思案である。「いつも微笑《ほほえ》みを浮かべている」とか、「長い黒髪が垂れて口に入ったりしているのが可愛い」とか言われても俺に彼女の魅力は伝わらない。「あんまり人と喋らずに曖昧《あいまい》な薄笑いを浮かべながら髪をむしゃむしゃ喰う女性」——俺の脳裏にはたいへん不気味な映像が浮かんでいる。

さらに付け加えて、君は「彼女の乳に惹かれたわけではないのです」と躍起になって否定しているが、俺は彼女の乳を問題にしてはおらんのだから、そんなに先走って弁明する必要はない。「たしかに大きいが大きいことに気づいたのは後のことであります」とか、そんなことは訊《たず》ねていない。おかげで君が彼女の乳に魅了されたことがよく分かった。この愚か者め。

まあ、いい。

今の君の興奮に水を差そうとしても無駄であろう。青春の荒野を、走れるところまで走っていくがいい。だが、これまでに君が打った手といえば、吉田神社に願を掛けるとか、彼女を讃える詩を書くとか、迂遠《うえん》すぎはしまいか。ゴールデンウィークも終わって空気は清涼、そろそろ脳味噌の谷間にたち込めた霧を晴らすべきだ。

理性的に活動して、本格的に外堀を埋めなくてはならん。彼女も四回生なのだから、恋人がいる可能性はきわめて高い。それをまず確認するべきである。とても太《た》刀《ち》打《う》ちできないということになれば、潔く諦める必要もあろう。まず前提となる情報収集ができていなければ、まっとうな仕事はできないということを肝に銘じなさい。
俺は先日、あまりにも無知なので、谷口さんに罵倒《ばとう》されたところだ。
無知はいかんと骨身に染みた。

無知無知もりた拝

おっぱい先生　足下

追伸
今、下宿で昨日借りてきた「ゴーストバスターズ」を観ているんだが、マシマロマンというへんなやつが出てきた。君かと思った。ＡＳＴＹで買い物をしたついでに、レンタル店の会員になった。これで俺の桃色生活も救われるであろう。

＊

六月十六日
こんにちは。
あれっきり君から返事が来なかったので、心配していた。
淋しかったというわけではない。新天地を求めて能登にやってきて以来、俺を心のよりどころとする迷える子羊たちからの手紙が連日舞い込み、俺は文通相手に事欠かない文通長者となった。返事を書くのに忙殺されて実験もままならぬ状況である。しかし俺は自分で播《ま》いた種は自分で刈り取る正義の人。この武者修行のような文通が俺の筆力を格段に上げることであろう。そしてゆくゆくは「恋文代筆」のベンチャー企業を設立してボロ儲《もう》けする。毎日高級羽毛布団にくるまって、悠々と寝ることも厭《いと》いはしない。一部上場も果たして、経済誌とかのインタビューも受けるのだ。俺は悠々と語ってみせるだろう——「我々はモノを売るのではない。ココロを売るのです」と。

俺の無能ぶりに業を煮やした谷口さんが不動明王と化し、海べりに広がる田んぼの稲も育ちはじめ、海が初夏の気配を漂わせる中、俺はただひたすら膨大な手紙を書き続け、ときには和倉温泉に行き、ときには羽咋《はくい》へＵＦＯを探しに行き、天狗ハムをむしゃむしゃ食べて麦酒を飲み、日々をやり過ごしてきた。そうして、君の見込みなき恋の行方《ゆくえ》など毛ほども気にならなくなったとき、ようやく手紙が来た。

まずはこのやり場のない怒りをぶちまけたい。

土日、研究室のみんなで教授に内緒の親睦旅行に出かけたとのこと。研究仲間として仲良くやるのはいいことだ。和気藹々《あいあい》と金沢《かなざわ》旅行も悪くない。

しかし、なぜ金沢まで来ておきながら、俺のところへ姿を見せないのか。金沢まで来たなら、七尾は目と鼻の先にある！　俺も四回生たちに会いたかった。ちょうど君たちが金沢で阿呆のように飲んだくれていた夜、俺は谷口さんに和倉温泉に置いてけぼりにされていたのである。街角で湧き出す温泉にひとり淋しく玉子をひたし、「温泉玉子」を作っていたのである。声をかけてくれれば、金沢まで行くことも辞さなかった。「守田は文通修行中」とわけのわからない理由で箝口令《かんこうれい》をしいた大塚緋沙子女帝に対し、断固として抗議する。胸のうちで。

今度来るときは必ず知らせてくれ。

ここにいる！　守田一郎はここにいる！

ところで、君は金沢で一発逆転を狙い、洗い髪をむしゃむしゃ喰う三枝さんに見《み》惚《と》れたりしていたようだが、葵祭《あおいまつり》にも誘えず、薪能《たきぎのう》にも誘えず、イベントに充ち満ちた京都の地の利も生かせない男が、兼六園《けんろくえん》なら何とかなると考える根拠が不明である。

さらなる問題は、君が俺の意見を曲解していることだ。たしかに俺は「情報収集すべし」と言ったが、それは人づてに彼女の好きなものをそれとなく聞いたり、研究室で交わす日常会話から有益な情報を蓄積していけと言ったのであって、彼女をつけ回して、その行動を監視しろと言ったわけではない。彼女が水曜日と土曜日は家庭教師に行って帰宅は夜の十時になるとか、ときどきポストに手紙を投函しにいくとか、これは明らかに反則である。恋をするにもルールがある。ルール無用の戦い方をした人間は、必ず世間を敵に回すのであり、勝っても負けても不利になる。これは俺個人の経験から言っているのである。そして、俺個人の経験のことは聞いてくれるな。

とにかく、今後はそういうことをしてはいけない。

ダメ、絶対。

それから、彼女がいくらファンレターを書いたりしているからといって、森見登美彦氏に焼き餅を焼くのはやめたまえ。それでは、まるで小学生である。

しかし彼女に恋人がいないことと、彼女が進路に悩んでいるという情報は、大いに有益である。彼女からさりげなく悩みを聞き、親身になって応えるのだ。くれぐれもカッコイイことを言おうなどと欲張って、「説教」してはいかん。本質をついたりしては、なおさらいかん。人間というのは痛いところをつかれると、感謝するよりもまず反発するものだ。恋をした男は阿呆だから、有益なことを言おうとして必ず無益なことを言う。ただ相づちを打ちながら、真面目に耳を傾けること。

明日は能登島水族館のイルカに会いに行く。この先の人生航路について悩むことは多いが、谷口さんに下手に相談すると、また長々と説教をされて、使うあてのない精力を増強されてしまう。その点、イルカはガラス越しではあるが、俺の一切を黙って受け入れてくれる。彼女だけが俺の心の支えだ。イルカのコミュニケーション能力に学ぶべし。沈黙は金と心得よ。

繰り返すが、もう彼女をつけ回すのは止めたまえ。

彼女を失うだけならばまだ良いが、人生を棒に振る。失った人生はpricelessだ。

今日はいいこと書いた守田一郎

外堀を埋める友へ

＊

六月三十日
拝啓。尊書拝読致し候。

余は度重なる実験の失敗によって窮地に追い込まれたり。ストレスのために全身のうぶ毛が抜け、七色の大便を排泄《はいせつ》する特異体質となれり。ああ、哀れなり守田一郎、流れ流れて何処《どこ》へ行く。ああ奇怪なり谷口さん、そんなに怒ってどうする。

それにしてもキミ、能登の空はなぜこんなに灰色で、頭がつかえそうなほど低いのだろうか。臨海実験所の生活も、七尾湾も、谷口さんも、行き帰りに乗る能登鉄道の車窓も、七尾駅前の町並みも、この先の我が人生も、一切がことごとく灰色だ。

俺は肉屋で買った天狗ハムを炙《あぶ》り、陰鬱《いんうつ》な梅雨空《つゆぞら》を眺めながら麦酒を飲む。今の俺には、天狗ハムをのぞいて、大切なものはなにもない。君の恋の悩みなんぞ、天狗ハムにくらべれば何の意味もない。

でも俺は人間ができているから手紙をあげる。

彼女もそんなことを言うなんて、冷たい人である。君が心配になるのも当然だろう。俺も「大日本乙女會《だいにっぽんおとめかい》」なんて聞いたことがない。三枝さんはそんな怪しい組織で何をやっているのか。しかし君も大人なんだから、大塚さんが吹き込んだことを何でもかんでも真に受けるな。「乙女による国家転覆計画」とか、意味が分からん。乙女と国家に何の関係がある。

ともかく、三枝さんがうっとうしがるならば仕方がない。しばらくは根掘り葉掘り聞かないほうがいい。いずれ、要調査だ。

まあ彼女が不機嫌だというのは君の誤解で、深い意味はなかったのかもしれない。女性のちょっとした仕草や言葉に意図を読み過ぎるのが、恋する男の宿命である。考えすぎないほうがいい。

現実的対策を一つ。お菓子を買いそろえろ。女性の機嫌が悪いとき、お菓子を食べると眉間の皺《しわ》がやわらぐことがある。京都の実家にいた頃、うちの妹はしばしば不機嫌になった。学校から帰ってくると制服姿のまま座敷にごろんと横になり、鋭い目で天井を睨《にら》みながら「高等遊民になりてえ」とおそろしいことを呟《つぶや》くばかりだ。

そんなとき、おいしい菓子を買ってきて与えると顕著な効果がみられた。
これは実験済みである。お試しあれ。
小生《しょうせい》多忙につき、本日はこれにて失敬。

匆々頓首
下等遊民拝

小松崎様

＊

七月十日
拝啓。
お手紙拝読。小生は相変わらず多忙。最近になって手紙が続々と届き、俺の狭い下宿は郵便局のようになっている。片っ端から書いては返し書いては返し、まるで斬って斬って斬って斬りまくる武道の達人のようである。
最近、ナメクジが出るので往生する。ナメクジという生き物は何を喰って生きているのか。何のために生きているのであろう。なぜあんなにヌメヌメしているのであろう。上手な撃退法があれば教えてくれ。

言うまでもなく研究は難航中。精神の浮き沈みも激しい。まくらもとに置いていた達磨《だるま》を林檎と間違えて齧《かじ》って歯がかけて落ち込んだと思えば、梅雨空が珍しく晴れて虹がかかるのを車窓から眺めて嬉しくなり、かと思うと妹から「小学三年生の頃に貸した三百円を返せ」と督促状《とくそくじょう》が来て、また落ち込んだ。しかし、谷口さんはここのところ上機嫌なので助かる。先日は海沿いに愛車を止めて、七尾湾に向かってマンドリンを弾いている姿を見た。無視して電車に乗って帰ろうとしたら、「守田よ、青春してるか?」と大声で叫ばれた。自分に酔ってるらしい。

それにしても君の手紙には呆れた。君は丁重極まる筆で、やんわりと俺に責任をなすりつけようとしているけれども、彼女が腹を壊したのは俺の責任ではない。七夕というロマンティックな行事に他愛もなく浮かれて、得体の知れない「ぷくぷく粽《ちまき》」を彼女に喰わせた君の責任だ。菓子の選択に関わる全責任は君にあるわけだから、俺を恨むのは筋違いである。最高裁まで争ってもいい。それにしても、「ぷくぷく粽」とは何ぞ? 彼女もよくそんなものを喰ったものである。姫君は意外に無鉄砲なり。

君はもう成人男子である。選挙権もある。彼女を口説くために外堀を埋める権利もある。権利あるところには責任も生じる。だから一切は君の責任である。「しょせんマシマロですから」と逃げを打つな。マシマロにだって誇りはあるだろ。

逆境への立ち向かい方にこそ、その人間の真価があらわれる。今の状況を有利に活用してこそ、君は「できる男」の名をほしいままにできるのだ。「胡散臭《うさんくさ》い粽を喰わせて私の腹を壊したマシマロマン」というレッテルを貼られるだけに終わるか、それとも「あれがきっかけだったね」と一緒に手を取り合って美しい想い出捏造《ねつぞう》に耽ることができるようになるか、一切は次の一手にかかっている。

そういうわけで見舞いをしろ。花を持っていくがよい。俺の狭い見聞によれば、女性は花を贈られると喜ぶそうだ。そんな気障《きざ》なことをして良いのか、と思ってきたが、やはり喜ぶそうだ。

健闘を祈る。

こちらの七夕はじつに殺伐《さつばつ》としたものだった。七夕なんて無かった。

敬具

一級ナメクジ退治士

こまつざき様

七月十五日

＊

拝復。こちらは連日雨続きで雲が低い。海は暗い。実験データをめぐって議論しているうちに俺のいいかげんさが露呈し、谷口さんはまた不機嫌になってきた。このままではコンクリ詰めにされて七尾湾に沈められる。しかし、なかなか晴れない梅雨空の下、能登鹿島駅で電車を待ちながら就職活動のことなどを考えていると、もうこのまま七尾湾に沈むのもいいかなとか俺らしくもなく厭世的《えんせいてき》な気分になる。そんなところへ君の手紙を受け取って、ほとほといやになった。「なんと三枝さんはカーネーションのアレルギーだったのです!!」などと言われても、俺の知ったことではない。母の日でもないのにカーネーションを持っていけと誰が言ったか。だいたい君は彼女の身辺を調査していたのだから、アレルギーぐらい把握しておくべきだろ、この唾棄すべきストーカー野郎め。俺はもう君の恋の応援はしない。一切の手を引く。後は野となれ山となれ。モリタ拝。

＊

七月二十二日

拝啓。尊書拝見。

先日はつい苛立《いらだ》って辛辣《しんらつ》な葉書を書いてしまった。こんなことでは恋文代筆業界なんぞに進出できないと思った。能登の海辺に流されてはや四ヶ月。そろそろ俺も静かに己を見つめなおして、円熟の境地に至らなくてはならない。

　谷口さんは博士課程で俺たちの研究室にいた頃、祇園祭《ぎおんまつり》の宵山《よいやま》に「俺の女」と出かけたそうである。あまりの蒸し暑さと人の多さに「俺の女」と谷口さんは険悪な雰囲気になり、四条烏丸《しじょうからすま》の長刀鉾《なぎなたぼこ》の下で殴り合いの喧嘩《けんか》をしたという。「谷口さんにもそういう時代があったのですね」と言ったら、「君とはデキがちがうぜ、チェリーボーイ」と言われた。「いったい谷口さんが俺の青春の何を知っているというのだ！　そしてチェリーボーイって言うな」と思ったが、図星なので何も言えない。だが俺の盟友である君も、三枝さんの腹を破壊したうえに、アレルギーを起こさせたのだから、宵山に「俺の女」を連れて行くという京都最大の桃色イベントを決行できるはずがない。ああ、同志よ！　と思っているところへ、君から葉書が来た。

　理解不能であった。

　あれだけひどいことをした君が、なぜ彼女と宵山で会っているのか。

　そこで君は何をしでかしたのか。

　なにゆえ彼女は宵山の雑踏に君を置き去りにして逃げたのか。

　君の文章にはまったく脈絡がなく、前後の事情をすっ飛ばして「もうダメだ」と嘆いているばかりなので、こちらとしても対処に苦しむ。至急、詳細を知らせて欲しい。
友として一言だけ言わせてくれ。
インドへ逃げるのはよせ。

親友を心配する守田

悩める友へ

*

七月三十日
拝啓。
こちらは梅雨も明けて、能登鹿島駅の裏にある森からは蟬《せみ》の声が響いている。陽射しもすっかり夏だ。能登島の向こうに真っ白な入道雲が盛り上がっているのを見ると、京都も暑いだろうなと思う。夏の似合う男として颯爽《さっそう》と海水浴場にでも出かけて、アバンチュールを楽しみたいところだが、現今の惨めな成果では「夏休みをくれ」と言い出せない。そんなことを言っても谷口さんに「くたばれ」と言われるのが落ちだ。
祇園祭の写真拝受。

彼女の写真を見て、俺の怒髪が天を衝いた。どこが「あんまり人と喋らずに曖昧な薄笑いを浮かべながら髪をむしゃむしゃ喰う女性」だ。少年の手を引いて、観音《かんのん》菩薩《ぼさつ》みたいな女性ではないか。話が違う。ふざけるんじゃない。あんまり腹が立ったので、歯茎から血が出た。歯茎から血を流しながら、七尾湾に向かって「なんじゃこりゃ！」と俺は叫んだ。

吉田神社に神頼み、へんてこな粽を食べさせ、カーネーションでアレルギーを起こさせ、教え子と一緒に宵山へ出かけた彼女のあとをつけ、偶然をよそおってすれちがいざまに声をかけるばかりか、あの「ラブリー」な詩を雑踏の中で音読するマシマロ男……そんな無謀な恋の作戦が功を奏するのは、地球がブラックホールに飲み込まれる可能性よりも低い。そんなでたらめがまかり通るから、勘違いして心に傷を負う阿呆が量産されるのである。

なぜ彼女は恥ずかしがって逃げ出しておきながら、けっきょく君のようなヘンタイの気持ちを受け入れる気になったのだろう。俺が思うに、三枝さんはマシマロが大好きで、君のことを巨大なマシマロだと勘違いしているだけだ。君は都合の良い夢を見て、俺は悪夢を見ているのだ。おたがいに早く夢から覚めて、過酷な現実をしっかり生きていこうじゃないか。

「彼女はもとからぼくのことを気にしていたらしいのです」と君はいう。断じて認めないが、しかし敢えて認めるとして、ならば、この春から夏にかけて、俺が忙しい生活の合間を縫って、夜な夜な君のために書いてきた手紙はどうなる。俺の失われた時間はどうなる。夢見られなかった夢はどうなる？　俺の青春は？　俺の将来設計は？

君は俺のおかげだと感謝してくれる。だがしかし、そんなわけあるか。

彼女まで俺に感謝しているという。いったい何ゆえ？

もう写真や報告は不要である。成就した恋には何の面白みもない。君とは長い付き合いだが、もう文通はやめる。さようなら。

金曜日の夜、君からの手紙を読んだ俺が海辺で咆哮《ほうこう》していると、谷口さんが愛車を止めて俺を乗せ、和倉温泉に連れていってくれた。

総湯に入ったあと二人で温泉玉子を作って遊んでいると、京都から旅行で来たという美女と知り合った。彼女に誘われるままに加賀屋《かがや》という高級旅館の最上階まで乗り込んだが、だだっぴろい座敷につらなっているのは薄汚いおっさんと老人ばかりだ。酒を呑《の》んでいるうちに美女はどこかへ姿を消し、酔い崩れるおっさんたちとくんずほぐれつ、谷口さんは君の書いた阿呆な詩に曲をつけてマンドリンを弾きまくって拍手喝采をうけ、「くたばれ」と叫び、俺も負けじと叫んだ。そのあたりまでしか記憶にない。気がつくとすっかり能登の夜は明けていて、窓からは美しい朝の七尾湾が見えており、俺と谷口さんは全裸でころがっていた。姿を消していた美女がふたたび現れ、俺たちの姿を見て「ふん」と鼻で笑った。そして俺と谷口さんは、二日酔いの頭を抱えながら、「ファッションセンターしまむら」に寄って帰った。

この空しさをどうしてくれる。

小松崎君よ、おめでとう。そしてサヨウナラ。サヨナラだけが人生だ。哀れな俺を無情に忘れ果てて、恋愛の甘い汁をちゅうちゅう、たんと吸うがいい。

夏は来ぬ。

だが、俺の日常に変わりはない。

不屈の精神で文通武者修行を続けながら、能登の海辺で実験失敗の記録を塗り替える。恋路《こいじ》海岸で灼熱《しゃくねつ》のアバンチュールという机上の妄想を弄《もてあそ》び、今日もまた俺はクラゲを睨み、谷口さんはつかうあてのない精力を増強する。

匆々頓首

男一匹守田一郎

恋路を走り出した友へ

第二話　私史上最高厄介なお姉様へ

四月九日

拝啓。御無沙汰しております。守田一郎です。

私めを憶えていらっしゃいますか。教授の天才的直感によって白羽の矢を立てられ、能登の実験所へ島流しの憂き目にあった後輩なんぞ、もはやお忘れでありましょうか。私というたぐいまれな存在をやすやすと忘れられては困りますので、一筆啓上致します。

先日、小松崎から手紙が来ました（私を気遣ってくれるのは彼ぐらいです）。電車に揺られながら彼の手紙を読んでいて、停車した駅で目を上げると、ホームの反対側に鉄道郵便車が展示されていました。濃紺の車体に、栄光の〒マーク。私が妄想するに、この郵便車はかつて膨大な手紙を積んで鉄路をたどり、遠く離れて暮らす親と子、友と友、そして男と女の心をつないできたのです。これは何かのお導きにちがいない。かくして、文通の腕を磨こうと決意したのです。

高度情報化社会においてもなお、直筆の手紙の力は絶大です。郵便車をいっぱいにするほどの手紙を書いて、文通による人心掌握術を身につけ、人生スゴロクで行きあたる正念場の数々をアッパレ切り抜けてみせる。今の私は、かつて大塚さんにいいように弄ばれて喜んでいたヘナチョコ守田一郎ではありません。筆一本を握って前向きな文通武者修行に励む一匹狼です。ジャパニーズ・サムライよ、手紙を書け！

だから大塚さんもお時間あれば、お手紙くださいませ。

淋しいわけではありませんがね。

とはいうものの、この能登鹿島臨海実験所は淋しいところです。

七尾湾に面した海辺にありますが、実験所のほかには何もなく、やることといえば研究だけという理想的かつ地獄的環境。毎日言葉を交わすのはクラゲと、指導してくれる谷口さんぐらいで、クラゲは物を言わないし、谷口さんは罵倒します。この谷口さんがまた妙な人で、我流の栄養ドリンクをぐいぐい飲んでムダに精力を増し、夜な夜なマンドリンを弾き語る。大塚さんは、まだあの般若心経を貼った幻のマンドリンをお持ちですか？　谷口さんは「研究室にいた頃に、俺が大塚にマンドリンを教えた」と豪語してますよ。彼は七尾から車で通っているので、先日帰りに私も同乗させてもらいましたが、車中では「女の口説き方」について、ご高説を拝聴する栄誉に浴しました。

まことに荒涼たる日々で、宇宙のごとく果てしなくつまらん。大塚さんのお好きなブランドショップもないですよ。あるのは自動販売機ぐらい。大塚さんなら半日で脱走するでしょう。夜の能登鹿島駅で電車を待ちながら、流れ星に「京都に帰りたい！」とお祈りしました。哀れなるかな、守田一郎。さあ、哀れんでください。遠慮は無用。

京都の桜はいかがですか。こちらはぼちぼちです。

桜舞う季節になって研究室にもドッと新人が増え、なにかと慌ただしいことでしょう。小松崎の手紙によれば、さっそく新入りたちを廊下にならべて絶対服従を誓わせたそうですね。そういう恐怖政治はいかがなものかと、淋しい海辺から苦言を呈しておきます。「くれしま」にてキンキンに冷えた麦酒をガブ飲みするのもやめましょう。それは身体に毒です。新入りたちの卒論テーマを大塚さんの一存で左右するのもやめましょう。それは教授の仕事です。

匆々頓首
守田一郎

大塚緋沙子様

＊

四月十九日
拝啓。

尊書拝見。こちらでも桜が満開です。能登鹿島の駅には桜のトンネルがあり、ふだんは人気《ひとけ》のない無人駅にも写真撮影に訪れる人がいます。花見の宴はしませんでしたが、写真を撮ったのでお送りいたします。満開の桜の下で、ニヒルな男を気取っているのが連日私を小突き回してくれている谷口さんです。谷口さんは大塚さんからマンドリンを教わったという事実をあくまで否定しております。「ヒサコ・オオツカの言葉を信用するな」と言います。どちらかといえば私も谷口さんの肩をもちたい。

花見会の報告ありがとうございました。

桜舞い散る賀茂川べりで花見の宴、読みながら懐かしさに涙がこらえきれず、頂いたお手紙がしっとり濡れました。長年住み慣れた京都を蹴り出され、能登の海辺に流れ着き、フレッシュな四回生たちとふれ合うのも許されぬ我が身が哀れです。どうか哀れんでください。どうぞご遠慮なく。

私も賀茂川で肉を喰らいながら、小松崎が恋に落ちる瞬間を見物したかった。三枝さんという四回生は美人ですか？　大塚さんの眼力の鋭さに頭が下がりますが、二十歳《はたち》すぎて恋心をやすやすと見抜かれる小松崎もどうかと思います。恋を忍ぶぐらいの藝当《げいとう》はできんといけませんね。忍んで忍んで、ぷいっと消えてしまえばよかろうと思います。

伊吹さんも就職したのに、わざわざ花見に顔を見せるなんて、本当にまめな人ですね。大阪で元気にやってるのでしょうか？　小松崎も私も、さしたる決意もなくふにゃふにゃと大学院に進んでしまいましたが、彼女はえらいものです。舞鶴《まいづる》の海洋実習で知り合った頃から彼女はえらかった。馬鹿野郎たちだけが行き場もなく途方に暮れております。まことになさけない。なげかわしい。みんなくたばれ（俺も含めて）。

一年前の花見の時、大塚さんの命令で、小松崎ともども賀茂川を渡らされたことを思い出しました。春の賀茂川はたいへん冷たかった。お恨みします。そしてその冷たさから、ワタクシ守田一郎は、大学院という世界の厳しさを肌身で知ったのであります。濡れて震える我々に伊吹さんがくれたタオルの温かさ……その温かさから、私は人の優しさを知ったのです。伊吹さんは万事につけ手回しの良い人でした。

小松崎に頼まれて恋の相談稼業を始めました。腕まくりして臨んでますが、その実は億劫です。ありていにいえばどうでもいい。とりあえず吉田神社に願を掛けろと言っておきました。あんなアドバイスで恋が成就したら、人生は私の圧勝だ。

谷口さんに小突き回されながら、実験実験の日々で、どうもつまらん。どうせなら絶世の美女に小突き回して欲しい。そうしたら、伝説のプリマのごとく華麗に回ってやります。

草々

能登のプリマ　守田一郎

大塚姐《ねえ》さんへ

*

五月二日

拝啓。

昨日の深夜、唐突に小松崎から電話がありました。大塚さんと二人で飲んでいたそうですね。小松崎が「恋が成就するまでパンツを脱がないことを吉田神社に誓う」と、阿呆のパイオニアの名に恥じないことを手紙に書いていたのでびっくりしましたが、やはり大塚さんの差し金でしたか。自分がオモチロイというだけの理由で、後輩に無益な入れ知恵をするのはやめてください。

伊吹さんの近況を教えて頂いたこと、感謝致します。大阪で元気にやっているのは良かった。けれども、そんなに根掘り葉掘り問い合わせているわけではないのだから、邪推しないでください。すぐにそういった方面に結びつけようとするから困る。伊吹さんにお手紙は書いておりません。彼女も就職したばかりで忙しいだろうと思って遠慮しているだけです。とくに深い理由はございません。

私のプライベートについては、大きなお世話です。出逢いなんぞありません。実験所の後ろは森で、前は海です。海に流れ着く女性はいないし、山から這《は》い出してくる女性もおりません。心を許して語れるのは能登島水族館のイルカだけ。新しい出逢いなど、どこに湧いて出る余地がありましょう。

小松崎がゴールデンウィークに何か企《たくら》んでいるようです。恋に我を忘れて犯罪に走らないように、宜しくご指導願います。くれぐれも煽《あお》ったりしないように。後輩の人生を弄ぶのもほどほどにしましょう。

このところ、研究は後退戦の様相を呈しております。潔く撤退するにやぶさかではないものの、そうすると修士論文が消失します。実験、失敗、また実験、不動明王と化した谷口さんに謎の精力増強剤を無理強いされ、教授に中間報告を書き、次々に届く手紙に返事を書く文通修行に忙殺されております。

肉屋で切ってもらった天狗ハムをこんがり焼いて麦酒を飲みながら、「京都に帰ったらやりたいことリスト」を作成するのが数少ない楽しみです。筆頭は「猫ラーメンを食べる」。先日、谷口さんと和倉温泉に行ったついでにラーメンを食べたら恋しくなりました。谷口さんも懐かしがっていましたよ。「ヒサコ・オオツカに猫ラーメンを教えたのは俺なんだぜ」と、また威張っていました。

卒論で徹夜してる時に、大塚さんに奢《おご》ってもらったあのラーメンが忘れられません。先輩らしいことをして頂いたのは、後にも先にもあれ一度きりでしたね。

恋も仕事も後退戦　イチロー・モリタ

大塚・深夜のラーメン大王・緋沙子様

＊

五月十五日

拝啓。お手紙ありがとうございました。

すがすがしい季節ですね。森も島々も新緑に染まっております。七尾湾は春の陽射しにきらきらとしています。

手紙で「私のことを小馬鹿にしてるんじゃない？」とお書きですが、私ごとき虫けらが大塚さんを馬鹿にできるわけがないではありませんか。そんなのは百万年も早い。守田一郎は大塚緋沙子大王の下僕にございます。

ところで、これだけは言っておきたい。

私は能登の海で雌のイルカを追い回しているわけではありません。水族館に行ってイルカに話しかけて遊んでいるだけ。「イルカの尻を追い回す守田君にみんなでイルカのぬいぐるみを贈ろう」などという草の根運動はやめてください。イルカに欲情する先輩と思われては、いずれ研究室に帰って後輩たちの精神的リーダーになる計画が台無しです。

計画が台無しといえば、ゴールデンウィークに小松崎が三枝さんへ詩を贈るのに失敗しました。小松崎は「ましまろ大魔人とへなちょこ弁財天」という特殊軽音サークルにおける期待の新星であったそうです。「特殊」の本領発揮といったところで、読むに堪えない衝撃の詩でした。今もまだ、あの「ラブリーラブリー」が脳に焼き付いて離れない。彼があの詩を贈らなくて正解だったと思います。

詩を書くようにけしかけたのは大塚さんではありませんか。

小松崎は、大塚さんに芋焼酎片手に夜通し説教されて、「親身になって激励してくれる大塚さんはいい人だ」と書いていました。小松崎、君はなんていい奴なんだと、私は彼のために泣きました。大塚さんが自分以外の存在に対して親身になるはずがない。ただ面白がっておられるだけでしょう。如何《いかが》。

イルカ男爵拝

おもしろ主義者さま

追伸　伊吹さんの件、ワザワザ御連絡ありがとうございました。御丁寧にどうも。

＊

五月二十一日

拝啓。

こんにちは。春の陽射しが注ぐ七尾湾はおだやかです。新緑も美しい。京都の喧噪《けんそう》をはなれて静かな海辺の町に暮らし、自分を見つめ直すのは素晴らしいことであります。うちの父が自伝を書き始めたらしいので、「俺も書こうか」という気持ちになりました。これまでに自分の為《な》したこと学んだことを振り返るのです。就職活動の準備にもなるかもしれません。

大塚さんはすでに就職先も決まり、教授を屁《へ》とも思わず、修士論文もお茶の子さいさい、研究室を完全なる支配下において、この世に怖いものなしでしょう。その境涯が羨《うらや》ましい。しかし、もともと大塚さんは怖いものなしの人でしたね。谷口さんもそうおっしゃっている。なにを喰って育つとそんなに肝が太くなるのか教えてください。

伊吹さんが某男性と幸せにやっているとの情報、ありがとうございました。お会いになったからといって、わざわざ私にご一報くださるにはおよびません。

能登の海辺に流れ着いて淋しい思いをしている私をさらにムチ打ってやろうという魂胆かもしれませんが、そんなことで私はへこたれません。ご期待に沿えず、まことに申し訳ない。そんないやがらせは海岸を吹き渡る風のようなもので、我が頬を優しく撫《な》でるだけですね。過酷な現実を見据え、修行僧のように刻苦勉励する私が、その程度のことで動揺すると思ったら大間違いなのです。大塚さんの眼力もいささか衰えてきたのではないかと思われます。

それはともかく。

伊吹さんの新しい恋人とは、どんな野郎ですか。

後学のために知っておくのも悪くない。無知はいかん。

御一報下さい。

草々

無知無知もりた

大塚緋沙子大王　足下《そっか》

追伸　ご依頼の天狗ハムをお送りします。ご賞味あれ。

＊

六月五日
拝啓。

今年はいつまでも涼しいと思っていましたが、そろそろ能登にも初夏の気配が漂ってきました。田植えもすんで、海辺の田んぼは青々としています。

学会の準備は滞りなくおすみですか。

私は人生のあらゆる局面が滞る気配が濃厚になり、現実逃避のため、昨日は「羽咋《はくい》」という町へ行ってきました。七尾線で三十分ほどです。なにゆえわざわざ休日をつぶして出かけていったかというと、驚くなかれ、ここはＵＦＯが飛来し、この界隈でもっとも宇宙に近い町として知られているのです（と谷口さんから教わりました）。しかしＵＦＯは見つからず、休日を無駄にしました。今日は万事が停滞する青春の腐臭に包まれながら、七尾駅前のミスタードーナツでこの手紙を書いています。絵は能登島水族館のイルカです。可愛いですよ。

ところでお時間のある折りに、先日お訊ねした件につきまして、詳細を知らせていただけますと幸いです。天狗ハムの味の感想もお聞きしたいことですし。

小生多忙につき、本日はこれにて失敬。
みなさまにも宜しくお伝えください。

草々
一郎

大塚様

＊

六月十日

拝啓。

こんにちは。

今回は特別サービスとして、自画像を同封します。凜々《りり》しい守田一郎像をたっぷりとご鑑賞ください。和倉温泉駅で電車を待ちながら、あまりに暇なので描いてみたものです。今夜は谷口さんと和倉温泉に出かけたのですが、総湯を出たあと、だしぬけに「というわけで、おまえは一人で帰れ」とまさかの置き去り、愛車のエンジンをぶいんぶいん鳴らして谷口さんはどこかへ消えてしまいました。ひどい話でありえます。温泉玉子をひとりで淋しく作ったりしていたのですが、大塚さんに似た

人が土産物屋《みやげものや》から出てくるのを見かけました。まさか和倉温泉にいらっしゃってい
た……というようなことはありますか？
　このところ小松崎からの手紙が途絶えております。きっとよからぬことを企んで
いるにちがいないと思います。彼は我々の予想をつねに上回る阿呆のパイオニアで
すから、くれぐれもご用心ください。というよりも、彼を煽るのはやめてください。
　大塚さんはやっぱり悪人である。
　これは小松崎の意見です。彼に尊敬すべき先輩に対する口のききかたを教えて
やってください。もちろん私はそんなことは思わない。大塚さんはスバラシイ人だ
と思っています。たぐいまれなる美貌、他人を屁とも思わぬその態度、あふれだす
知性、前言を自在に撤回する融通無碍《むげ》な生き方……まさに天下無敵です。
　というわけで大塚さんが素晴らしい方であることはいやというほど分かっており
ますから、先日私がお訊ねした一件について、お願いですから返信をお願いします。

頓首

温泉大王　守田一郎

素晴らしき先輩　大塚様

＊

六月二十日

拝啓。梅雨の候、お変わりなく御活躍のことと、お慶び申し上げます。能登は灰色の雲が分厚く垂れ込めております。山も町も海もすべてがどんよりと灰色に包まれています。谷口さんは私の無能ぶりに怒りを燃やし、不動明王のような顔をしています。そんなに怒り続けては寿命が縮むのではなかろうか。

小松崎から手紙が来て、私は驚きました。研究室のみなさんで金沢に来ていたとのこと。そんなに近所まで来ていたのに、なぜ私に一言も声をかけてくれないのですか。たしかに私は文通武者修行中ですが、それは誰にも会わないということではないのです。大塚さんに抗議するわけではないのですが、せめてもう少し私に優しくしてくださってもよろしいのでは……

伊吹さんが某男性にめろめろで、玉子ごはんを差し入れたり、手紙を書いたり、靴下を差し入れたり、あれこれされているとの情報、まことにありがとうございます。三枝さんをまじえて「東華菜館《とうかさいかん》」にて美味《うま》い北京《ペキン》料理を喰ったらしいというのも大いにケッコウ。たしかに伊吹さんは森見登美彦氏が好きですからね。三枝さんも好きだというから、気が合うでしょう。それにしてもなぜ彼女たちはあんな人物の書くものが好きなのか理解に苦しみます。
それにしても伊吹さんの相手は誰ですか。私が知っている人物というならば、いっそ名前を書いてください。まったく気にしませんから。

泰然自若守田一郎

天下無敵大塚緋沙子様

＊

六月二十九日
拝啓。大塚様。尊書拝読致し候。余は度重なる実験の失敗によって窮地に追い込まれたり。ストレスのために全身のうぶ毛が抜け、七色の大便を排泄する特異体質となれり。ああ、哀れなり守田一郎、流れ流れて何処《どこ》へ行く。ああ奇怪なり谷口さん、そんなに怒ってどうする。学会発表も無事すんだようでなによりです。伊吹さんの件、詳細な報告ありがたく読みました。じつに素晴らしいことです。伊吹さんの幸せを祈るものなり。大塚さんは伊吹さんの相手をずいぶん高く評価していますね。それはいい。彼が月で、私はスッポン、大いに結構。ただ、なぜ相手の名前を教えてくれないのですか。気づかい無用。べつにぜひとも知らなければならないわけではないけれども、ぜひとも知らないでいいというものでもない。そうではないですか。そうではないですか。小生多忙につき、本日はこれにて失敬。谷口さんに七尾湾に沈められそうです。

匆々頓首。
守田イチロー

＊

七月十二日

拝啓。

自分で始めたことながら、最近手紙が続々と届いて、読んでは返し読んでは返し、いよいよ本格的な武者修行となっています。幸運の女神も籠絡できる「文通力」がめきめきついているかと思いきや、就職のことを考えるたびに文章を書く気力が失せ、目前で消失しつつある修士論文のことを考えるとまた文章を書く気力が失せる。厳しい武者修行には、いつでもくじける用意がある。ここで私がくじけても、世の中の誰一人困らないのです。でもそう考えると悔しいので、くじけるわけにはいきません。

　連日雨が続くのには閉口です。ナメクジが憎い。ナメクジを裸足で踏んだことがおありですか。得も言われぬ感触で、恍惚《こうこつ》と不安がいっぺんに味わえます。ぜひ一度お試しください。先日、研究室脇の水路にサツマイモみたいなナメクジを見つけました。あんな不気味な生き物が我が国に生息しているというのは許し難いことです。

　ときどき晴れ間がのぞいて壮大な虹が七尾湾にかかったりする。「おっ」と思うと、数分もすればまた灰色です。四六時中頭を何かにおさえつけられているようで、まるで大塚さんの圧政に苦しんだ研究室時代のようであります。

　七夕はどうでしたか。昨年の七夕を憶えてますか。大塚さんの命令で、植物園に竹を切りに行かされ、管理人に見つかって叱られました。尋問される私を尻目に韋《い》駄天《だてん》のごとく駆け去る大塚さんの後ろ姿……いまだに夢に見ます。実にひどい。懐かしい。お恨みいたします。

　小松崎が憧れの三枝さんに「ぷくぷく粽」という妙なものを食べさせたそうですね。良かれと思って凝らした工夫が、恋しい相手のお腹破壊工作となってしまう阿呆ぶりに涙を禁じ得ません。彼の脳はマシマロ化が進んでいて、まともな作戦が立てられなくなっているのかもしれません。立派な人間よりも、むしろ立派なマシマロを目指したほうがいいような気がします。

慰めのお手紙ありがとうございました。お言葉はありがたく頂戴しておきます。

伊吹さんが幸せなら、私はそれでじゅうぶんであります。大塚さんに諭されなくとも、意趣返しに彼女の不幸を願うほど心の狭い男ではありませんよ。守田一郎、体軀《たいく》は貧弱ですが、魂は琵琶湖なみに大きいつもりです。だからお気づかいなく。

そして、相手のことを教えてください。そいつは筋骨隆々ですか。頭脳明晰《めいせき》ですか。男前ですか。筋骨隆々でも頭脳明晰でも男前でも、それだけで男の価値が決まるものではありませんからね。では男の価値のグローバルスタンダードとは如何《いか》にして決まるか。それは私が決めるのだ。

匆々頓首

男のグローバルスタンダード　守田一郎

悪のグローバルスタンダード　大塚様

＊

七月二十二日

拝啓。大塚様。お願いがあります。小松崎からわけのわからない手紙が来ました。

祇園祭の宵山で三枝さんと会っていたらしいのですが、そこで大きな失敗をしたようです。猥褻《わいせつ》な事件でなければよいが。手紙の文面からすると、彼は錯乱状態にある模様。インドへ逃げると言っているので、事情を聞いて引き留めてやってください。面白がってインド行きの貨物船へ押し込んだりしないよう、くれぐれもお願いします。彼は人格もヘナチョコですが、胃腸もヘナチョコなので、インドの水にあたって死ぬかもしれない。愛すべきマシマロマンに愛の手を。どうか宜しく。それから、伊吹さんがめろめろのお相手が「人畜無害なふりをして、言葉巧みに乙女たちをたぶらかし、日本全土を股に掛けた恋の火遊びに耽っているプレイボーイ」なんて、私は信じません。断固として。彼女はそんな破廉恥漢に騙されるような愚かな人ではない！　一郎拝。

＊

八月二日

拝啓。

炎暑の折、お変わりなくご健勝のこととお慶び申し上げます。

八月に入って、能登も夏らしい風情が漂っております。はかどらぬ実験の手を休めてふと窓から外を見ると、七尾湾の海が眩《まぶ》しい陽射しにきらめき、能登島の向こうにはソフトクリームみたいな入道雲が盛り上がる。能登鉄道の駅で電車を待つ夕暮れどき、蟬時雨《しぐれ》の音を聞くと切ない気持ちになります。

ああ、夏休みよ！　おまえと再び会える日は果たして来るのか？

小松崎の恋の大団円、ご報告ありがとうございました。波乱の宵山から恋愛成就に至るウルトラCは大塚さんの計画でしたか。それで納得です。いや、彼がうまくやったのは納得できないけれども、筋道には納得です。小松崎が一人でなんとかできるわけがない。彼は得意げに彼女の写真を送ってきましたよ。絶交状を書きました。

小松崎のことはもういいのです。

私は怒りに燃えている。怒髪天を衝いています。

伊吹さんの恋人の件、いまさら「嘘でした」はないでしょう。

伊吹さんは森見登美彦氏の愛読者である。そんなことは、私だって前から知っています。しかし、これまでの大塚さんの手紙を素直に読めば、「伊吹さんに恋人ができた」としか読めないはずだ。ああ、心配して大損をしました。大塚さんは私が誤読することを見越していたでしょう。「ドッキリ文通でした、残念」「読解力を身につけましょうね」で済むと、お思いですかコノヤロウ。

この二ヶ月というもの、私がどんな思いをしたことか。

あなたは、淋しい海辺の灰色の実験所にて毎日まじめに研究に励んでいる模範的学徒の心をいたずらにかき乱し、修士論文を消失の危機にさらすだけでなく、科学の進歩を危うくしたのです。「ホラやっぱり守田一郎は伊吹夏子《なつこ》さんに未練があるんだワ」とか、そんなことを得意げに言っている場合ではない。クラゲという妙ちくりんな生き物をどのように理解するか、地球規模の環境破壊をいかにして乗り越えていくのか、これは守田一郎の問題ではなく、全人類規模の問題なのであります。反省しろ。

伊吹さんにも手紙を書けばいいのよとか、そんなアドバイスは無用です。これは私の個人的な問題であり、大塚さんに采配《さいはい》を振るっていただく必要はないのです。頼むから放っておいてください。守田一郎は自由でグローバルな男だ。

小松崎のこともあり、あんまり腹が立ったので、先日は谷口さんと和倉温泉に出かけ、見知らぬおっさん連と飲んだくれました。美女に全裸を見られました。谷口さんは「ヒサコ・オオツカなんぞに負けるな」と言います。「俺の屍《しかばね》を越えていけ」と言います。そう言うそばから、私の首を絞めてきた。屍を越えられる前に屍にしてやろうという魂胆でしょう。もちろん、私もヒサコ・オオツカなんぞに負けるつもりはない。

お願いですから早く卒業してください。

研究室に平和を。そして我等の心に平安を。

大塚さんは人生が楽しくて楽しくてしょうがないのではありませんか。あなたの行く手に、人生の深い落とし穴があることを祈念しつつ筆を擱《お》きます。筆は擱くけれども、いずれこの恨みは晴らしてやる。首を洗って待つように。

恐惶謹言《きょうこう》

能登の海より愛を込めて　守田一郎

私史上最高厄介なお姉様へ

第三話　見どころのある少年へ

四月九日
元気にしてますか。先生は元気です。

お庭のさくらは、さきましたか。こちらはまだ、さいていません。

先生は京都からとおくはなれて、のと半島というところにいます。本州から日本海にとびだした半島です。社会科でならいましたか。もしわからなければ地図帳でしらべること。なまけていては、りっぱな大人にはなれません。

もちろん、のと半島のなまえをしってる大人でも、りっぱでない大人はたくさんいます。でも、だから「地図帳をしらべるのをなまけてもいい」というわけではない。そういうなまいきなことをいうのを大人の世界では「ひらきなおり」といって、「テメエ、ひらきなおりやがったな！」ということばが出ると、たいてい血の雨がふります。「血の雨がふる」というのは、けんかになって、けがをしたり、はんごろしにされたりすることですよ。はんごろしにされないように、ちゃんと勉強しましょう。

のと半島は、まげた親指みたいなかっこうをしています。先生がかよっているのは「のとかしまりんかいじっけんしょ」という建物で、まげた親指のおなかあたり。住んでいる人はそんなに多くありません。コンビニエンスストアもありません。「のとかしまりんかいじっけんしょ」のそばには、「のとかしま」という駅があります。「のと鉄道」という小さな電車が走っています。「えいでん」みたいな小さな電車ですが、えいでんよりもさみしい海辺を走ります。夜になると、海も山もまっくろです。でも星空がたいへんきれいです。先生はノーベル賞がとれるように流れ星においのりをしました。

なぜ先生がのと半島にいるかというと、先生の先生（これはとてもえらい大先生です）が、「とおくで研究してきなさい」とおっしゃったからです。そして、毎日クラゲの研究ばかりしています。それでも、先生はまだ「ひよっこ」なので、谷口さんという先生（これは大先生ほどえらくない中先生です）にいろいろなことを教わります。谷口さんは髪がもじゃもじゃです。そしてマンドリンがじょうずです。マンドリンを見たことはありますか。

もう先生はまみやくんの先生ではありませんが、まみやくんはどうしているかなと思って、手紙を書いてみることにしました。あたらしい先生のいうことをきちんときいていますか。きみは見どころのある少年だけれども、ちょっと気がちりやすい。あと、なまけるくせもある。それに、いじわるなところもある。勉強がどこまですすんだか、ちゃんと紙にかいてお母さんにわたしてあります。だから新しい先生にうそをつこうとおもってもムダですから、あきらめてください。そのとおり、もちろん先生はいじわるであります。それがなにか？

新学年が始まりましたね。あたらしい友だちはできましたか。

先生の教えたことを忘れずに、四年生としての自覚をもって、毎日元気に遊んで、よく勉強してください。お父さんとお母さんとおばあちゃんに、「もりた先生がよろしくと言っていました」とつたえてください。あとタモツにもよろしく。先生のかわりに、にくきゅうをふにふにしてやってください。それにしても「タモツ」なんて、へんてこなまえをつけたもんですね。あいつのふてぶてしさにはびっくりです。

おへんじもらえたらうれしく思います。さようなら。

もりたいちろう

まみやくんへ

＊

四月十六日

お手紙ありがとう。

まみやくんが元気にしていることがよくわかりました。それにしても、「拝啓」

なんてムズカシイ言葉をよくしってますね。とてもりっぱなお手紙でした。

毎週、家庭教師の先生について勉強しなくてはいけないのは、めんどうくさいことだろうと思います。そんな小学生はすくないでしょう。

先生がきみぐらいのころは、家のうら庭でナツといっしょにあそんでばかりいたものです。ナツというのは先生のうちで飼っていた犬で、穴ぼこをほるのがすきなやつでした。ナツと先生とナツは大のなかよしで、毎日いっしょでした。なんのために穴ぼこをほるのか。ナツにはわからないようでしたし、先生にもわからなかった。つまり先生は、犬とかわらないアホの子だったのです。先生はずいぶん努力をしましたから、アホの子ではなくなりましたが、ナツはアホ犬として生涯をまっとうして、おもいでの穴ぼこをたくさんのこした。

だから、きみの「家庭教師、しね！」「蒸気機関車館へいきたい！」という気持ちはわかります。もし先生がきみのような子どものころに、「家庭教師の先生をつけるから勉強しなさい！」と言われたら、「おいおい、そいつはごめんこうむりたいぜ」と思うでしょう。「それよりひとつ、でかい穴ぼこがほりたいぜ」

そのころの先生は、朝はやく小学校に出かけるまえに穴ぼこをほろうとしてお母さんを泣かせたことがあるほど、穴ぼこのミリョクにとりつかれていたのです。そのせいで、先生のお母さんは真剣になやんでいたことがあるそうです。世の中のお母さんという人たちは、とにかく心配ばかりするのですね。

つまり、きみのお母さんもそうである。お母さんはきみのことを心配している。人よりもさきに勉強しておけば、人よりもはやくえらくなれるかもしれないと思っている。「先《さき》んずれば人をせいす」ということわざがあります。「はやおきは三文《さんもん》のとく」ということわざもある。おぼえておけば、いずれテストに出ますよ。

たしかにそういうこともあるけれど、いつだって早ければいいのか、というと先生はやや疑問に思っています。これはいっしょに大文字山《だいもんじやま》にのぼったとき、きみにも話しましたね。

でもいま、いちばんだいじなことは、なんでしょうか。

「お母さんがそう考えている」ということです。

きみはそう思わない。先生もそう思わない。お父さんもそう思わない。おばあちゃんもそう思わない。タモツは縁側で寝てる。そんなのはちっとも関係ないのです。お母さんの気持ちはぜったいにかわりません。そして、お母さんの気持ちがかわらないかぎり、きみはどれだけていこうしても、ぜったいに家庭教師からにげられません。たとえ家庭教師をトイレにとじこめたり、ノートにお茶をひっかけたりしても、むだです。それはゼツボウ的なたたかいになるでしょう。いくらでもかわりの家庭教師はいるのですから。

先生は「毎日、朝から夜まで勉強しろ」といっているのではありません。家庭教師がくる日だけは、ちょっとぎょうぎ良くして、まずあいてをよく知ることです。家庭教師はきみのてきではない。家庭教師はみかたです。でも、トイレにとじこめられた人がみかたになってくれるとは思えない。

きみの手紙を読むと、こんどの家庭教師はマジメな人のようです。だからみかたになるまで、時間がかかるかもしれない。大学で勉強していることをきいてみましょう。きっといろいろおしえてくれます。あたらしいことを勉強した人は、だれかにおしえたいものなのです。家庭教師となかよくなったら、お母さんがお茶をもってきてくれるまではちゃんと勉強して、あとはぼくといっしょにやっていたように、いろいろおしゃべりしていればよろしい。

つまりきみに必要なのは「だきょう」です。

そうすると、お母さんはきみがおとなしくしているからまんぞくする。家庭教師はお金がもらえるからまんぞくする。そしてきみはしょっちゅうにげまわる必要がないからまんぞくする。みんなまんぞくして世界が平和になる。

「のとかしま」駅で、のと鉄道の写真をとったので、いっしょにおくります。さくらのトンネルがすごいでしょう。

それでは元気で。家庭教師の先生となかよくしてあげてください。

もりたいちろう

まみやくんへ

＊

四月二十三日

こんにちは。お手紙ありがとう。

先生は毎朝のと鉄道にのって、海辺にあるじっけんしょにかよっています。桜はちってしまいましたが、だんだんあたたかくなって、のとの海はおだやかです。

タモツとおばあちゃんの写真をありがとう。タモツのふてぶてしさはたいへんなものですね。こういうのを「堂にいってる」というのだ。しんせきのおじさんのなまえをもらったとのこと、なっとくしました。たしかにタモツには、中年おじさんみたいなところがある。縁側でごろごろしてるかっこうとか、おなかのふくらみとか。ところで、おばあちゃんのあたまにダルマがのっているのはなぜですか。

それにしても先生はがっかりしました。きみはぜったいにがまんできなかったというけれど、それはどうだろう。先生が教えていたときは、あんなにじょうずにやっていたのに。

お母さんはとてもおこっていることでしょう。きみはいま、家庭教師をおいだして、とくいになっているかもしれないけれど、あのお母さんがあきらめるものですか。すぐにつぎの家庭教師がきます。こんどはもっとこわい、じごくの暴れん坊将軍のような人かもしれない。こういうのを、大人の世界では「ぼけつをほる」というのです。自分のおはかの穴ぼこを自分でほるということ。これではアホ犬のナツとかわりません。ナツは死んだあと、自分でほった穴の一つにまいそうされたのです。

家庭教師の先生は、きみのまえでいげんをたもとうとしたのでしょう。まじめに勉強をおしえようとしているのに、きゅうにおっぱいの話をしても、それはしかられるのがあたりまえです。家庭教師はエッチなことをおしえるために来ているのではありません。

教育ほうしんがまちがっていたのかもしれないと、先生は海辺をさんぽしながらはんせいしました。きみのあたまの中がおっぱいでいっぱいにならないように、神さまにおいのりをしました。流れ星にもおいのりをしました。どうかきみのかわりに、先生のあたまの中をいっぱいにしてくださいとおねがいしました。そうするといっぱいになったぞ。でも先生はへいきな顔をしています。どきどきもしない。かしこい大人であるからです。

先生がきみに算数や理科だけでなく、そういうこともおしえてあげたのは、あのころ、きみがしんけんになやんでいたからです。「ぼくはヘンタイぢゃなかろうか」と、きみは夜もねむれないくらい（ほんとはねむってたけど）なやんでいましたね。ヘンタイの人とヘンタイでない人とのくべつはむつかしいのですが、でもこれだけはかくじつにいえる。きみがヘンタイであるなら、先生もヘンタイであるということです。だから先生は「そういうことでどきどきするのはふつうのことだ」とおしえてあげたのです。けっして、きみのあたまをエッチなことでいっぱいにするためにおしえてあげたわけではない。

きみが手紙にかいていたとおり、女の人にどきどきするのと、赤ちゃんがうまれるしくみには、ふくざつなかんけいがあります。お母さんにきくといやな顔をされるのは、それがひみつのかんけいだからです。ただし、きみが想像していることはまちがいです。そんなにかんたんなことで赤ちゃんができたら、そこらじゅう赤ちゃんだらけになる。

でも、勉強もせずにそんなことばっかり考えていると、アホの子になるぞ。

おっぱいで思いだしましたが、イルカはほ乳類なのでおっぱいがあるということを知っていますか。先生はきのう、海のむこうにある「のと島」にわたって、水族館のイルカを見てきました。つやつやしてきれいな、不思議な生き物です。海の中でおっぱいをすうのはむずかしそうですね。しょっぱくないのだろうか。

イルカの写真をいっしょにおくります。イルカのとなりでカメラをにらみつけているのが先生の先生（谷口さんといいます）。髪がもじゃもじゃで、むかしの刑事ドラマの犯人みたいなサングラスをしているでしょう。今にもピストルをふりまわしそうですね。こわい人に見えるかもしれないけど、ほんとうにこわい人なのでごようじん。エッチなことばかりかんがえていると海にほうりこまれてしまいます。こんな人が家庭教師だったらどうしますか。先生なら「かんべんしておくれよ」といいますね。

イルカのおっぱいをさがしてごらん。ちなみに、先生はいつもイルカのおっぱいをさがしているわけではありませんよ、ねんのため。そろそろきみもおっぱいから卒業しなくてはいかん。先生は卒業しました。

それではさよなら。

もりたいちろう

おっぱい少年へ

＊

五月十三日

こんにちは。

今日も、こちらはよいお天気で、海もおだやかです。

きみのお母さんが「あじゃりもち」を送ってくれました。ありがとうございますとつたえてください。

お礼に天狗ハムを送りますので、みんなで食べてください。先生はよく商店街のお肉屋さんにいって、天狗ハムを切ってもらいます。あぶって食べると、たいへんゴージャスなきもちになるよ。タモツも赤ちゃんをうんだばかりなら、天狗ハムでえいようをつけるといいですね。

ところで、先生はタモツはだんぜんオスだとおもっていました。メスだったとは！いくらしんせきのおじさんっぽいからといって、なぜそんなまぎらわしいなまえをつけたのですか。あと、いくらたのしくても、おばあちゃんのあたまにダルマをのせるのはときどきにしましょう。

マリ先生のいうことをよくきいて、ちゃんと勉強しているとのこと、たいへんうれしく思います。いい先生がきてよかった。きみはきゅうにかわりましたね。これからはエッチなことをいわないようにする、というのも感心なこころがけ。よっぽどマリ先生にしかられましたな。

　でも先生はちょっと傷ついた。

「はれんち」というのは、「はずかしいことをはずかしいとおもわない人」といういみです。つまりマリ先生は「そんな悪いことをおしえた、もりた先生というやつはにんげんのくずである。しねばいいのに」とひなんしているわけです。おお、なげかわしいことである。

　先生はきみがヘンタイでないことをおしえてあげただけで、そんなにわるいことはしていないはずです。マリ先生にもせつめいして、ごかいをといてください。それから、これからは先生がおしえたことをマリ先生にいってはいけない。これは男どうしのひみつというやつです。

　マリ先生がどんな人なのか分からないけれど、もりみとみひこの本をよんでいるとはへんなひとです。本の作者にお手紙をかくのは、ちっともへんなことではありませんよ。きみは何を心配しているのだろう。そういうのはファンレターといって、ラブレターとはちがうのです。でも、うけとった作者はわくわくするかもしれない。もりみとみひこさんという人はアホなのです。先生のしりあいです。先生はかしこいけど、友だちにはアホがおおいです。

もし心配なら、もりみとみひこさんに「マリ先生をゆうわくしないでください」という手紙を書いてみればどうでしょうか。住所をおしえてあげます。

ともあれ、きみが楽しい毎日をすごしているようなのでよかった。

今、このお手紙は駅前のミスタードーナツでドーナツを食べながら書いています。駅前には学習塾があって、「ガリ勉宣言」というおおきなポスターが窓にはってあります。たいへんそうですね。きっと、じごくの暴れん坊将軍みたいな先生がいますよ。きみはやさしい先生に教えてもらえてしあわせです。先生もうらやましいぐらい。

マリ先生は美人ですか？

もりたいちろう

まみやくんへ

＊

六月四日
こんにちは。お手紙ありがとう。

先生は毎日、研究したり、天狗ハムを食べたり、温泉にいったりしています。ちょうど、まみやくんはどうしてるかな、とおもっていたところです。

今日、先生は電車にのって、「はくい」という町へいってきました。ここはよくＵＦＯがもくげきされている町だそうです。ひょっとするとＵＦＯが見られるかな、とおもったのですが、今日はとんでいませんでした。まみやくんはＵＦＯにきょうみはありますか。先生が気になるのは、宇宙人はどんなかたちをしているだろうかということです。美人なら「カモーン」ですけど、もしクラゲとかタケノコみたいだったら、おつきあいするのはむずかしそうだ。

マリ先生はきっと美人なのですね。

お手紙の書き方でわかります。

その人がきれいだということを文章でかくのは、たいへんにむずかしいものです。「きれいはきれい」といいたくなりますね。そんなとき、べつのものにたとえたりする。たとえば、「マリ先生はゆでたまごのようにきれいだ」とか「マリ先生はきびだんごのようにかわいい」とか。ただし、自分が「きれい」とか「かわいい」といっているつもりでも、相手はそうおもってくれないこともあります。これがきびしいげんじつです。かなしいですね。

でも、書きにくいものを「どうすればかけるだろう？」とかんがえるのはいいことです。そうやって、だんだんいろいろなことが書けるようになるからです。

それから、もりみとみひこさんに手紙をかいたみたいですね。

もりみとみひこさんから先生のところへ手紙がきました。きみがどういう手紙をかいたのかわからないけれど、もりみとみひこさんは手紙をよんでこわがっていました。こわすぎてしめきりがあぶないともいっていました。きみの書いた手紙は「きょうはくじょう」といって、警察につかまることもあります。ほどほどにしましょう。

それから、外でマリ先生を見ていたへんてこな男の人のこと。

その人はたぶん近所にすんでいて、たまたま通りかかっただけだとおもいます。マリ先生をつけねらっているわけではないと思う。小太りな人をみんなあやしいと決めつけるのはまちがいです。きみはなぜ小太りの人はあやしいと思うのですか。先生の知りあいにもマシマロみたいな人がいます。よくマシマロとまちがえられてけとばされたりしますけど、悪い人ではありませんよ。なかなか、かわいいところもある人ですよ。

タモツやおばあちゃんはお元気ですか。

きみはこのところマリ先生のことばかり書いてますね。

もりたいちろう

まみやくんへ

＊

六月十七日

こんにちは。

先生は毎日いそがしくすごしています。

クラゲのなぞはますますふかまるばかり。夢の中までクラゲがただよっていて、そこに天狗ハムを背中にのせたイルカが泳いできたりします。おそらく先生の脳みそは海の水でふやけているのです。あんまりいそがしいときは、いきぬきに「わくら温泉」にでかけます。のと鉄道にのっていくのです。まみやくんは温泉にいったことはありますか。温泉たまごをつくったりすることもできておもしろいですよ。街角にお湯がわいているところがあって、そこにたまごを入れておけば、温泉たまごのできあがり。温泉のお湯はしょっぱいです。

まみやくんの冒険をよんで、先生は手に汗をにぎりました。はらはらしました。

そのふわふわした男はいったいどんな組織の人でしょうか。なんのためにマリ先生のあとをつけているのでしょうか。それから、そのなぞの建物は何をするところなのでしょうか。そしてそのふわふわした男をあやつっているなぞの女の正体はなんでしょうか。なぜ寝ころばせた男のお腹のうえにすわって「ごうもん」をしていたのでしょうか。

なぞはふかまるばかりですね。

その女がへんてこなかたちの武器をふりまわして、「喰っちまうぞ、ぐへへへ」ときみをおどしたところをみると、見てはいけないものだったのかもしれない。おそらく、その人たちは本物のヘンタイであると先生はおもう。だからきみが無事に帰ることができたのはよろこばしいことです。

マリ先生が心配なのはわかるけれども、子どもがひとりでそういうあやしい大人のあとをつけていってはいけないとおもいます。そういうときはマリ先生か、お母さんにちゃんと相談しましょう。世の中にはいい大人もいれば､悪い大人もいます。いい大人だけどヘンタイの人もいれば、悪い人でヘンタイの人もいます。用心してください。

マリ先生がおやつのマシマロをもぐもぐ食べるところ、とてもよく書けていました。マリ先生の可愛さがうまくつたわってきますね。

きみはすっかりマリ先生にぞっこんのごようす。

つまり、「片思い」ですね。だからマシマロにまでやきもちをやく。

先生のせんもんはクラゲですが、片思いもせんもんです。おそらく京都で先生ほどクラゲと片思いにくわしい人はいないだろう。恋におちた友だちの相談にのってあげたりしています。

　でもあんまりぞっこんになりすぎて危ないことをしないように。

　わるい人をやっつけるのは大人にまかせましょう。

もりた

まみやくんへ

＊

七月十日
　こんにちは。
　京都もお天気がわるいようですね。こちらも毎日雨がふっています。ぶあつい灰色の雲がずっと空をおおっていて、山も海も町も一日中うすぐらい。休みの日にもあまり外へでる元気がわきません。
　先生は週末になると、駅のそばの商店街にある小さな本屋さんによく出かけます。おじいさんがひとりで店番をしています。もう八十歳になるそうで、きみのおばあさんより年上です。このおじいさんは先生のしんだおじいさんとよく似ているのでなつかしいのです。店の中にはおもしろいものがいろいろあります。雑誌のふろくでつくった「戦艦やまと」や、ふるいビデオテープがたくさんあります。まみやくんは戦艦やまととか、きょうみがあるのではないでしょうか。というわけで写真をとらせてもらったのでいっしょにおくります。この模型はもともとその本屋のお客さんがつくったもので、完成したあとにプレゼントしてくれたそうです。そしてつぎの模型をつくっているとちゅうで、そのお客さんはしんでしまったそうです。

先生はおじいさんとせけん話をしてから、ビデオテープをかりていきます。むかしの映画がたくさんあって、どれをかりてもタダだからです。こないだの土日も、その前の土日も、先生はそうやってむかしの映画をたくさん見ていました。長い雨の一日には、むかしの映画をみるのがいいですね。

きみのうたがっている小太りの男は、すがたを見せなくなったようで、安心しました。いったいなにものだったのかなぞはのこるけれども。

マリ先生がおなかをこわしたとのこと。たいへん心配してますね。ぼくが家庭教師だったときは、きみはぼくが風邪をひくと「やった」とおもったでしょう。いや、先生はまみやくんに文句をいっているわけではないのです。それはもう、先生がもしきみであったとしたら、やっぱりマリ先生を心配するとおもいます。

そういうものです。

しょうがないですね。

マリ先生のおみまいに行くのはいいけれども、おなかのぐあいが悪いのであれば、マシマロをもっていってもだめではないでしょうか。女の人は花をもらうとよろこぶそうですよ。

もりた

まみやくんへ

＊

七月十六日
こんにちは。
先生はいま、駅前のミスタードーナツでお手紙を書いています。だんだん日がくれてきて、町の明かりがぽつぽつついてきます。こちらの町はしずかです。今日は「よいやま」なのだから、京都は見物する人たちでいっぱいでしょうね。今ごろ、まみやくんはマリ先生といっしょに夜店でおいしいものをたべてるだろうなあと想像しています。ちょっとうらやましく思うしだいです。夜店のたべものは、なにがすきですか。先生は焼き鳥が好きです。なぜ夜店の焼き鳥はあんなにおいしく感じるのでしょうか。

ここだけのはなし、先生は女の人と「よいやま」にいくことにあこがれていましたけど、まだいったことがありません（ほんとうにここだけのはなしですよ）。人生はふくざつなのです。こういえば大人の世界では「なるほど」となっとくしてもらえます。なっとくしない大人は、はんごろしにされます。

ところで、まみやくんのくれたお手紙に「ぷくぷくちまき」という言葉がありましたね。

おかげで、あの小太りのなぞの男の正体がわかりました。

先生の友だちで、コマツザキという人です。マシマロみたいで、ころころしてるでしょう。その人がマリ先生のまわりをうろうろしていたのには理由があるのです。とてもちゃんとした理由があるのですが、プライバシーにかかわることなので先生からはいえません。でもコマツザキくんは、きみがマリ先生といっしょに「よいやま」にいったと聞いたら、きっとうらやましがるだろう。「うらやましいことだなあ！」とマシマロみたいにふくれるでしょう。

きみはもうマリ先生に「こくはく」するつもりですか。

あまりにもきみがずんずんいくので、先生はハラハラしています。おみまいに花をもっていったお礼として「よいやま」デートの約束をしてもらう、そこでラブレターをわたす、なんて。これはかなり高等なテクニックです。きみはいったいどこでそんなテクニックをみにつけたのですか。おばあちゃんにおしえてもらったのですか。さいきんの小学生はほんとうに、すみにおけませんなあ。

先生がおどろいたのは、きみがラブレターをすいすい書いた、ということ。どうやったらすいすい書けるのでしょうか。先生はラブレターがなかなか書けません。書いてみたいな、と考えるのですが、どうしてもへんてこなものができてしまうのです。むいていないんでしょうね。

ともかく先生はきみに先をこされた。まいりました。

よいやまの夜はきれいでしょう。マリ先生もきれいでしょう。

今夜は雨がふらないことをいのっています。

またお手紙ください。

もりたいちろう

まみやくんへ

＊

七月二十九日

こんにちは。梅雨があけて、夏らしくなりました。海がきらきらしています。

先生は久しぶりに谷口さんといっしょに温泉にいってきました。温泉のお客のおじさんたちとなかよくなったので、みんなでわいわい遊びました。先生もちょっとふきげんになるようなことがあったので、おおさわぎをして気持ちがはればれとしました。まみやくんもつらくてさみしいときには、そういうふうに思いきり遊ぶしかないと思います。それからよくねむること。そこらへん、大人も小学生もおなじです。

ラブレターをわたせなかったのはざんねんなことでした。

そしてコマツザキくんがマリ先生をとった。

きみはそう思っているでしょうし、やはりそうなのです。コマツザキくんはマリ先生をきみからとった。なんでマリ先生はあんなマシマロマンが好きになったんだろう、なんでマリ先生はあんなにうれしそうなんだろう、ちくしょうマシマロめ！　ふわふわのくせに！　ときみは思うだろう。先生だって思うぐらいだ。

でもマリ先生はうれしそうなのでしょう。

だから、きみはじっとがまんの子でいる。これはすごくえらい。

むかし、アイダホ州立大学のコヒブミー先生がいいました。

「無駄になったラブレターの数だけ人は成長する」

ちょっときくと、これは名言のようにきこえる。先生はいろいろな名言を知っていますから、この名言できみをなぐさめることもできるわけです。でも先生は思うのですが、そんなことで成長するよりも、好きな人に好きといってもらうほうがうれしい。そんな名言はうわっつらだけのなぐさめです。コヒブミー教授の気持ちもわかるけど、でもそんなの、本当はいやですね。

とにかくきみは見どころがある。

たしかにきみはちょっと気がちりやすい。あと、なまけるくせもある。それにいじわるなところもある。お母さんの言うことをきかない。わがままをいう。しかもエッチだ。

でもだからこそ先生は、きみが見どころのあるやつだとおもうのです。

マシマロマンにしかえしをすることなんて考えないで、まみやくんが早く元気になればいいなと思っています。

夏休みはこれからです。

見どころのある少年へ

追伸
夏休みの自由研究は平和なものにしましょう。
「ヨーグルトばくだん」のつくり方なんて、先生は知りません。

守田一郎

第四話　偏屈作家・森見登美彦先生へ

五月十八日
拝啓。森見登美彦様。ご無沙汰しております。

学部生時代、クラブでお世話になった守田一郎です。

憶えておいででしょうか。春合宿先の野外活動センターにて、森見さんが魂の保湿のために隠し持っていたグラビア写真集を失敬し、関係者各位へ回覧した、あの守田一郎ですよ。森見さんが部室のノートに書き散らした文章を読み耽っては、おのれの文才を無用にねじ曲げていた守田一郎であります。お懐かしうございます。守田は、森見さんから「懐かしい」というお言葉が聞きとうございます。

俺は京都から遠く離れて暮らしています。

この四月から研究の都合で、能登にある海辺の実験施設に軟禁状態にあるのです。なにゆえ俺がこのような逆境にあるかと申しますと、将来有望な若手を千尋《せんじん》の谷へ突き落として鍛え上げようという、教授の親心ゆえ。ほとんど二度と這い上がる懸念のない深い谷底に蹴り落とすほど、教授の俺に対する愛は深いのです。

愛が、愛が、重すぎる。It's too heavy for me デスヨ。

この暗い谷底にあるものは、能登鉄道の淋しい無人駅、あやしげな精力増強剤を飲んで女の口説き方を語る谷口さん、静かな海、静かな山、和倉温泉、能登島。谷底から見上げると、切り裂《さ》かれたように細長い青空が見える。その澄んだ青空は、美しい京都へと、明るい希望に満ちた未来へと通じています。そして俺はその青空へ向かって、たくさんの手紙を、鮮やかな赤い風船に結わえて飛ばすのです。誰か、できれば女性、俺の魂をこの谷底から救いあげておくれよ。人恋しい。なおかつ、未来が見えない。

まあ、そんなことはどうでもいいや。

大学を卒業された森見さんの、上京区《かみぎょうく》・左京区《さきょうく》をまたにかけた、主に机上のご活躍、つねづね遠巻きに拝見しております。森見さんが綴《つづ》られるへんてこな文章は、かつてあの部室の片隅にあったノートに記されていた文章と瓜《うり》二つ、俺を青春の暗がりへ引きずりこんだ元凶が全国津々浦々へ垂れ流されることになろうとは、いったい誰が想像し得たでしょうか。森見さんの書かれる文章を読むたびに、人間的腐敗の典型と若気のいたりに充ちた日々を思い出します。

お仕事の合間にでも、気晴らしにお返事いただければ幸いです。

敬具

守田一郎

森見登美彦先生　足下

＊

五月二十九日
拝啓。さっそくお返事頂きまして、ありがたく思いました。

和倉温泉には行かれたことがありませんか。俺は今、七尾というところに住んでいるのですが、和倉温泉はすぐちかくです。総湯に入って男を磨くのは、天狗ハムと並んで俺の数少ない気晴らしの一つであります。

森見さんのところへ送られてきた問題の手紙ですが、俺は書き手を知っています。小学生の少年で、どうやら家庭教師の先生が森見さんの愛読者であることにやきもちを焼いているらしい。だから脅迫状ではないのでご安心を。

やはり森見登美彦先生ともなると、ファンレターがたくさん届きますか。

能登へ来て以来、俺は「文通武者修行」を始め、文才を磨きに磨いております。もっとも、我が文才の大半は、恋に狂ったおっぱい星人の友人の暴走を食い止めることに費やされ、いまいち効果が上がりません。そんな彼からの来信も、最近は途絶えがち。そこで森見さんに手紙の書き方を教えてもらって、腕を磨こうと思いつきました。どんな美女でも手紙一本で籠絡すると名高い、森見登美彦先生の究極奥義を伝授して頂ければ幸いです。

ああ、京都に戻りとうございます。

そういえば国立近代美術館で藤田嗣治《ふじたつぐはる》展が始まるようですね。俺も京都にいる頃は、女性と一緒に国立近代美術館の常設展へ出かけて藤田嗣治を眺め、喫茶室で珈琲《コーヒー》を飲んだことだってあるのですよ。森見さんも机上で猥褻なことへ思いを凝らされるばかりでなく、たまには外に出て文化的生活を満喫されては如何でしょうか。

それでは、お返事お待ちしております。

守田一郎

森見登美彦先生　足下

＊

六月十一日
拝啓。
「ファンレターに返事を書けない何を書いたらいいのか分からない」とうかがって、驚きました。文才を出し惜しんで読者をがっかりさせるのは罪深いことです。ファンレターを読み返し読み返し半日を棒に振っては〆切を危うくするほどお世話になっているというのに、お返事ナシとはあんまりな筆無精です。なんなら俺が代筆させて頂きますので、お送りください。

処女作の文庫本が出たとのこと、おめでとうございます。

森見さんの読者に女性が少なからずいるというのはどういうことでしょうか。伊吹夏子さんという俺の知り合いは、河原町《かわらまち》のクリスマスイブのサイン会にも行きたがっていました（風邪でだめになったそうですが）。先日森見さんに脅迫状を書いた少年の家庭教師をしている「マリ先生」も森見さんの愛読者です。そして、俺の妹まで森見さんの本を読んで性根をいじけさせてる。どういうことだ。責任取れ。

ずいぶんご多忙の様子にも驚きました。かつては大学構内に転がる放置自転車なみに誰からも顧みられなかった森見さんが、美しい女性編集者たちに「アナタの原稿が欲しいワ」と目を潤ませて迫られるとは奇怪千万。俺が思うに、それは妄想ですよ。

文章を書く人でありながら、「恋文を書く技術はない。ただ真心をこめて書くのみ」というお返事にはがっかりしました。究極奥義を出し惜しんでいるのではないですか。本当のところは、おびただしいファンレターに返事を出し、その得体の知れない超絶技巧で乙女たちの魂の本丸を攻め落とし、日本全土を股に掛けて爛《ただ》れたアバンチュールに耽っているに違いない。そうに決まった。不潔きわまりない。そんな人だとは思わなかった。そりゃ〆切にも間に合わねえ。
あまりにも単調な日々なので、先日「羽咋」という町にＵＦＯを探しにいきましたが、あいにく飛んでいませんでした。無念。森見さんはＳＦは書かないのですか。

草々

一番弟子　守田一郎

唾棄すべきドン・ファン　森見登美彦様

＊

六月十二日
森見さんへの手紙をようやく書き上げて投函したと思ったら、もうお返事が舞い込み、「いくらなんでも電光石火の返信」と思ったら長い長い追伸でした。
ひょっとして恋文の書き方マニュアルではないかと息せき切って封を切りましたが、目に飛び込んできたのは一編の長い物語。主人公登美彦氏は如何にして戦い、敗れ去ったか。ピカピカと輝くＤＶＤボックス、本棚から溢《あふ》れ出す魅惑的な書物たち、黒髪の美女との温泉旅行（の妄想）、部屋を埋め尽くす読み切れないファンレター、次々と現れる強敵たち。果たして〆切に間に合うのか……。手に汗握って、この偉大なる傑作を読みながら、俺は胸中に湧き上がってくる言葉を抑えられませんでした。「これを書いている間に仕事しろ！」

伊吹さんが研究室にスノーマンのアドベントカレンダーをぶら下げていました。そのアドベントカレンダーは日付の入った部分を切り取ると、中に小さなチョコレートが入っているというもので、我ら孤高の甘党は一日一粒のチョコレートを食べながらクリスマスを遠望するのであります。研究室の大塚緋沙子先輩の暴虐に耐えかねた俺がロータリーエバポレーターのわきで泣き濡れていると、伊吹さんはそのチョコレートをくれて慰めてくれたものであります。明治維新以来、こんなに心優しい人が日本にいたであろうかと思った。こんな心優しい人を森見さんは真面目に新作を書いて喜ばせたくないのですか。彼女が喜ぶならば、森見さんの都合なんてどうでもいい。

〆切に追われて地下室に閉じこめられていることを、あまりにお嘆きにならぬよう。我々はそうやっていろいろなものを失いながら生きていくのです——漲《みなぎ》る若さを、ピクニックにふさわしい快晴の一日を、美女と気ままに温泉をめぐる自由を。何かを摑《つか》むには、何かを手放す必要があります。

淋しい海辺で、クラゲなんぞという摑みどころのない生命体を睨んで日々を送る俺の方がカワイソウではありませんか。手放すものは何もない、手に入れるものも何もない。自分を哀れむ暇がおありでしたら、俺を哀れんで頂ければ幸いです。

ともあれ、ご友人の「失った人生はプライスレス」とは、うまい言葉です。値をつけるほどの価値もない、ということですか。間違ってますか。

果てしなくロープライス　守田一郎

美白偏屈王閣下

＊

六月十三日
拝啓。取り急ぎ、申し上げたいことがあります。

森見さん、あんた手紙書きすぎ。

白ヤギさんではないのですから、読まずに書くのはやめてください。

わずか二日のうちに三通も同じ人から手紙を受け取る人間の気持ちを考えてみたことがありますか。彼女からの熱いラブ迸《ほとばし》る手紙ならば一日に何通でもどんとこいですが、森見さんの愚痴《ぐち》では寝付きが悪くなる。

ファンレターに返事を書く手間さえ惜しむのに、後輩へ愚痴をぶつけるときはナゼ創作意欲が旺盛《おうせい》になるのですか。そんなに手紙を書かれるから、〆切に間に合わなくなるのです。この小学一年生でも把握できる仕組みが、ナゼお分かりでない。お手紙を拝読していると、ファンレターと恋文の間にある繊細かつ深い溝が見分けられずにワクワクしている森見さんの姿が、それはもうありありと脳裏に浮かぶ。孤高の一匹狼を装っているはずなのに、大の好物がファンレター、しかもそれを恋文と勘違いしているらしいと世に知られたら、これは恥さらし以外のなにものでもない。

人生と小説の行く末を相談されても困ります。

小松崎という友人が後輩の女の子にめろめろになって理性を失い、忌むべきストーカーが誕生する一歩手前。事態は緊迫しております。彼が犯罪的手法で外堀を埋めるのを阻止する任務が俺には課せられている。しかも友人の危機と時を同じくして、俺の学生生活も危機的状況にある。ここ一ヶ月ほどの実験成果の一切が、水泡に帰すか否かの瀬戸際で、俺には俺の未来を救出する任務もあるのです。

だから森見さんの相談にお応えしている暇はありません。〆切が近いとか、腹案がかたまらないとか、左奥の歯がどうも虫歯らしいとか、俺には一切関係ない。歯を食いしばってください。しわくちゃの歯磨きチューブから絞り出すように文章を絞り出してください。そして、虫歯なら歯医者へ行けよ早く。

不思議です。俺はあなたの弟子なのに、なぜこんなに偉そうなのでしょうか。

頓首

色々な瀬戸際に立つ　守田一郎

森見登美彦様

＊

六月二十一日

お手紙ありがとうございます。

能登の空は暗くどんよりとして、毎朝乗る能登鉄道の車窓からの景色も陰鬱に見えます。こちらは梅雨の重みがちがいますね。だんだん自分の過去も未来も灰色になる気がして、水族館のイルカに人生相談に行ったりして精神的危機を乗り越えております。生き生きしているのは紫陽花《あじさい》とナメクジばかりだ。

森見さんの仰《おつしや》る通り、前回の手紙は少し乱暴すぎました。申し訳ありません。俺が精神的に円熟してないからです。しかし、このままでは円熟する前に破裂することは必定。能登の海辺で孤独に破裂するアヴァンギャルド、守田一郎です。

でも、恋に仕事に超多忙という森見さんが、誰よりも頻繁に手紙を書いてくるというのはおかしいと思いますね。

俺も実験が思うように進まず、森見さんの長いお手紙を拝読したうえでお返事をしたためるのが苦痛になってきました。膨大な手紙を書き合って、たがいの時間を食いつぶして自滅する——これでは、あの部室の公用ノートにたがいの恥を競って書き合い、わずかな賞賛とひきかえに大事なものを失った部活時代の繰り返しではないですか。森見さんの薫陶を受け、言葉を弄んで他人を煙《けむ》に巻いて面白がっているうちに、気がつけば己自身も煙に巻かれて、人生における肝心なことが何一つ見えなくなってしまったのです。これ、すべて森見さんに責任があると思うのですが如何。

こうして実験所でお返事を書いていると、谷口さんがマンドリンをかき鳴らしながら、気色の悪い裏声で歌っているのが聞こえてきます。謎のドリンクを飲みすぎて、精力をもてあましているのでしょう。部屋の隅の蛍光灯がちらちらして、目が疲れます。窓の外にはすでに日の暮れた七尾湾が広がっています。能登島へつながる一本の細い光の糸はツインブリッジ。ああ、思えば遠くへ来たものだ。

自分はナゼこんなところにいるのだろう。

ナゼこんな手紙を書いているのだろう。

ボロロンボロロンと聞こえてくるマンドリンの音色は、あの下宿屋の寒々しい、埃《ほこり》でべたべたする廊下を思い出させます。丹波《たんば》先輩という人が俺の押入でマンドリンを弾きながら、「面白きこともなき世を面白く」と歌っている姿を思い出します。なんの変哲もないコタツに「韋駄天コタツ」と命名して、下宿内を縦横無尽に移動する妙な人。あんな人たちに囲まれて過ごしたから、俺はプライスレスな人生を棒に振りつつある。

ファンレターに返事を書かれるのはよいことだと思いますが、「どのファンレターに返事を書くべきか」などという問題に悩んでいてもしょうがないと思います。どれか一通、もっともスバラシイ文章で書かれた手紙をエイヤッと選んで返事をお書きになれば、すっきりするのではないでしょうか。

そのご様子では仕事も進んでいないのでは。「実益のないことがしたい」とか、仙人めいたワガママを仰って、現実から目をそらしてはなりません。今そこにある仕事。これを文句を言わずに片づけてこそ、「デキる男しかもイイ男」の称号を手にできるのです。

ところで、念のために再度お伺いします。本当に文通で女性を籠絡する奥義はないのですか。どうか、出し惜しみせずに御教示ください。

守田一郎

森見登美彦様

追伸
「東華菜館」という店に行ったことがおありですか。四条大橋《しじょうおおはし》の西にある店です。伊吹さんが行ったそうなのですが、どんなところでしょうか。男女がデートするような、オシャレなところでしょうか。

＊

七月五日
拝啓。
お手紙拝読致し候。小生は度重なる実験の失敗によって窮地に追い込まれたり。ストレスのために右後頭部にミステリアスなサークルができ、そこにＵＦＯが着陸、錦鯉《にしきごい》を背負った小太りのマシマロ的宇宙人たちがぞろぞろ出てきて「朕《ちん》はここで寝るぞ」と呟く夢を見て目覚めたところ、枕元になぜか林檎《りんご》があったのです。喉が渇いて仕方がなかったので寝ぼけてガブリと齧《かじ》ったら、妹が俺の野望成就（＝卒業）を願って贈ってくれた達磨でした。ああ、哀れなり守田一郎。林檎と達磨は腹立たしいほど瓜二つ。
「三嶋亭《みしまてい》」のすき焼きを初めて食べたという自慢たらたらのお手紙を読みながら涎《よだれ》

がたたら垂れてしょうがなかった。いいさ、俺には三嶋亭の肉はなくとも天狗ハムがある。哀れな後輩への手紙で、微に入り細を穿《うが》って旨い肉の焼ける様を描写している暇があるならば、次回作の構想を練った方が有意義と思います。

ファンレターの返事を書いたら、さっそく返事がきたとか、そんなことにわくわくしているようでは先が思いやられます。

森見さんならば手紙で人心を掌握する技術を知っている。

これは俺の見込み違いでした。

その様子では不特定多数とファンレターをきっかけに恋の火遊びなど不可能でありましょう。森見さんからノウハウを盗む計画は諦め、俺が独力でその技術を開発するしかありますまい。どのような乙女をも、たちどころに惚れさせる「恋文の技術」を開発したら、森見さんにも教えて差し上げます。

俺は忙しくて疲労困憊《こんぱい》しております。実験も失敗続き。妹からは昔の借金の督促状がきました。谷口さんには「青春してるか？」と言われました。やれやれでござる。

草々

文通技術研究家　守田一郎

意外に文通下手の登美彦様

追伸
ナメクジ退治の技術、教えて頂いてありがとうございました。さっそく試してみましたが、ナメクジがたくさん集まってきて、あまりの気色悪さに処分できず、そのままにしてあります。あれ、どうすればいいのだ。

＊

七月十三日
実験に失敗してむしゃくしゃするたびに、「俺が男のグローバル・スタンダードなのだ」と力強く呟き、よりいっそう情けない気分になる今日この頃です。
小松崎という友人が「ぷくぷく粽」というへんてこなものを女性に贈り、彼女がおなかをこわすという悲劇がありました。「どうすればいいのか」と途方に暮れていたので、以前森見さんに教わったように「花を持っていけ」とアドバイスしました。ありがとうございます。森見さんは乙女にさりげなく花を贈れるようなナイスミドルを目指しているのですか？　しかしながら、ミドルになってからナイスになっても、どうしようもなく手遅れですなあ。俺はそれまで待ち切れません。

森見さんは恋の駆け引きは如何でしょうか。編集者との駆け引きで手一杯ですか。

俺は、谷口さんと実験データをめぐる駆け引きに手一杯です。

捏造は最後の手段、というよりも禁じ手。しかし、その禁じ手の甘い誘惑が日夜俺を悩ませるのです。実験データを捏造したくてなりません。それどころか、もう、あらゆるものを捏造したい。銀行口座の残高も、高校時代の初恋も、この際全部捏造したらええじゃないか。それで皆が幸せになれるならば、なんの問題があろう。伊吹さんとの幸せな想い出も、ＴＯＥＩＣの成績も、学生時代に打ち込んだスポーツもボランティア活動も、企業へのエントリーシートも、捏造すればええじゃないか。


　ここだけの話ですが、さすがの俺も就職のことを考えるようになったのです。もちろん「就職なんぞしたくない」と力強く断言します。さらに「就職したくてもできない」という事態も十分想像できる。かといって、このまま能登鹿島臨海実験所にいたところで未来が開けるとも思えない。俺はクラゲの研究をしていますが、よく考えるとクラゲにもそんなに興味がないような気がしてきた。あんなあやふやなやつ！　と憎しみすら覚える。どうしよう。教授と谷口さんに七尾湾に沈められる。

「詩人か、高等遊民か、でなければ何にもなりたくない」

これは俺の言葉ではありません。以前、森見さんが今出川通《いまでがわどおり》の喫茶店にて、頭を抱えて漏らした魂の叫びですよ。あの頃、森見さんはそればっかりでした。

当時の心中、今になってお察し致します。

下等遊民　守田一郎

高等遊民　森見登美彦様

＊

七月二十三日

拝啓。お手紙ありがとうございました。

高等遊民と書かれたぐらいでカリカリして、器の小ささを暴露してはいけません。もっと泰然自若として、俺のやんちゃな物言いを鷹揚《おうよう》に受け容れてくれる森見さんが俺は好きです。超愛してる。

ところで我が愚かな友の小松崎君がわけのわからない事態に陥っています。

先日、森見さん直伝の的確なアドバイス「花を持って見舞いに行け」を伝えた後、彼は母の日でもないのにカーネーションを持って彼女を見舞い、アレルギーを起こさせた模様です。それなのに祇園祭の宵山で彼女と会っているのは奇怪ですが、そこでまた何か失敗をしたらしく、日本社会に望みを断ってインドへ逃げると言います。彼を教え導いてきた俺としては、心配でなりません。阿呆がインドへ行ってどうなるというのか。

ちなみにそのアレルギーを起こした女性は、森見さんの愛読者だとか。例の脅迫状を憶えていますか？　あれを書いた小学生の家庭教師「マリ先生」と同一人物です。世界は狭い。現在、その小松崎君と小学生が、マリ先生をはさんで恋の鞘当《さやあ》ての真っ最中。ともあれこの小学生は傑物です。

森見さんは祇園祭イブイブに街へ出かけられたそうで、羨《うらや》ましいかぎりです。室町通《むろまちどおり》の美味しいイタリア料理店にて、緑なす黒髪の美女と差し向かいとは、まさに夢のようですね。俺が思うに、それはきっと夢ですよ。

夏季休暇をファンレターの返信に浪費している場合ではないと思います。そんなことだから、せっかくの休み明けに徹夜をする羽目になる。あなたの自己管理能力のなさをはたから見ていると冷や汗が出ます。俺を雇って頂ければ、森見さんの人生を根本からマネージメントして差し上げるのですが……。差し迫った仕事から目をそむけて、文通ごっこに耽るのも控えめにした方がよいと思います。いくらそのお相手が親切な黒髪の乙女らしくても、のめりこんではいけません。まちがってもその乙女に著作権をプレゼントしたりしてはいかんですよ。

俺には夏季休暇なんてありません。

プライスレスな青春を実験と勉強に捧げ尽くすことの尊さについて、最近よく考えます。やはり学生はこうでなくてはいけません。しかし、もし夏季休暇があるのならば、いっそのこと俺も、この大して知りもしない日本社会に早々と見切りをつけて、恋に破れた小松崎君と手に手を取り合い、インドへ行ってしまうのも一興です（相手が男だということは残念です）。そしてインド象の、思いのほかざらざらした暴力的お尻を助平たらしく撫でまわし、あげく掌《てのひら》から流血、ばい菌が入って夕イヘンなことになったりして、インドにもまた待ち受けていた現実の厳しさを噛《か》みしめ、すごすごと帰って来よう。

しかし俺に外国へ出かける度胸はありません。英語も辞書を引いて読むならばともかく喋るのは不可能。伊吹さんは英語がぺらぺらで、インドネシアからの留学生を相手に失語症に陥った俺の窮地を救い、融通無碍の国際コミュニケーションを見せつけてくれたものです。そして俺にも夜な夜な英語の手ほどきをしてくれたものです。神武東征《じんむとうせい》以来、こんなに優しい人が日本にいたのかと思いました。ご指摘のとおり、俺は伊吹さんに淡く惚れているところがあることをそこはかとなく認めます。悪いか。ああ、書いてしまった。でも、もういいや。どうせ森見さんだし。でも大塚さんによると、伊吹さんは大阪で見つけた素晴らしい彼氏と付き合っているそうなのです。でも、それすらも、もうかまわない。彼女が幸せならば、それでいいのです。俺は手を引こう。手を出してもいないのに手を引こう。そしてインドへ行く。ガンジスから手紙を出す。能登に来たぐらいで彼女へ手紙を書く気にはなれやせん。やはりどうしてもインドへ行く必要があるぞ。

ああ、自分探しの旅に出たくてなりません。かつては森見さんの薫陶もあって、そういったものを馬鹿にしていたものですが、もう、なりふりかまっちゃいられません。だいたい森見さんだって、こっそり自分を探して路地裏をさまよっていたくせに。俺はちゃんと知っていますよ。

こんな俺は俺ではない。

俺が俺であることが腹立たしくなることもある。

自同律の不快、というものですよ。間違ってますか。

イチロー・モリタ

森見・デキる男しかもイイ男・登美彦様

＊

八月朔日《さくじつ》

拝啓。森見さん、聞いてください。愚痴をもって愚痴を制す。

忌むべきストーカーの魔道に堕《お》ちて人生を棒にふりかけていたマシマロ小松崎君が彼女のハートを摑んだ模様。恋のライバルであった小学生は初めての失恋に落ち込むあまり、小松崎君へのヨーグルト爆弾攻撃さえ匂わせており、元家庭教師として上手に慰めるのが大変です。一方の小松崎君は能天気な手紙を送ってくるのです。宵山で撮影した写真が同封された手紙には、当の彼女としたい嬉し恥ずかしあんなことこんなことが、油絵のごとくコテコテに塗り重ねられ、和倉温泉にも彼女といっしょに行ってみたいとかなんとか嘆かわしく猥褻なことまで書かれてあり、匂い立つ幸福臭に、思わず絶交状を送りました。人間、恋が実っちゃおしまいだ。

しかし、それはいい。しょせん他人のことです。

もっと腹立たしいのは、大塚緋沙子のいたずらです。伊吹さんが付き合っている相手のことをあれこれ書き送ってきて、さんざん俺を苦しめたくせに、今になって「あれは嘘だった」と書いてきました。気になって気になって実験に支障が出たというのに、大塚さんに反省の色は皆無。許せないことです。研究室へ乗り込んで、大塚さんの実験データをすべて消し去ってやろうかと思っている。

ちなみに、森見さんほどの聖人君子であれば、そんな心配はないと思いますが、万が一、この世界のどこかで伊吹さんとバッタリ出くわして、万が一、ちょっと話がはずんだとしても、くれぐれもそれ以上の接近遭遇はご遠慮願います。伊吹さんに手を出すな！　さもないと、著作権はなくなると思え。

どうします、森見さん。渡る世間は鬼ばかりですよ。

あんまり腹が立ったので谷口さんと和倉温泉に出かけて、「金曜俱楽部」と名乗るうさんくさいおっさん連中と飲めや歌えのどんちゃん騒ぎ、谷口さんと「俺の屍を越える越えない」で首を絞め合って大暴れ、気がつくと加賀屋というゴージャスな宿の最上階で朝を迎えていた。全裸だった。思わぬところで貞操の危機だ。どうしてくれる。

すっかりやさぐれた俺は、森見さんがファンレターに夢中になられて、見知らぬファンとの文通で自滅されるのをただ静かに眺めるのみです。俺の妹は森見読者の女性の会に所属したらしいですよ。受験生のくせに何をしているのか。妹が受験に失敗したら森見さんの責任であります。

それにしても、俺のファンはどこにいるのか。

教えてください。

やさぐれ守田

森見登美彦様

＊

八月八日
こんにちは。

能登はすっかり夏です。山からは蟬の声が染み出し、海からは気分の良い潮風が吹く。緑は青々として身体が緑に染まりそうです。薄暗い実験所でじっとデータを睨んでいると、もう一切を振り捨てて外へ飛び出したい衝動に駆られます。窓を大きく開け、夏の陽射しにキラキラ光る七尾湾に身を躍らせる。「かつて窓から七尾湾に飛び込んで、そのまま姿を消した院生がいたぜ。もう十年になる」と谷口さんに言わせたい。でも、俺は泳ぐのが苦手なので、泳いでここから脱出する自信はないのでした。

もっと泳ぐことが得意であったなら！　海洋実習のときに伊吹さんの前であんなにガタガタ震えてみっともないところを見せずにすんだろうし、この夏は海水浴場に出かけていって、むきむきの肉体を披露して浜に充満する乙女を悩殺することもできたのに。もう手遅れである。ああ、空はこんなに眩しいのに！

「そもそも守田君は泳げないのに、なんで海洋の研究室にいるの？」

森見さんはそう言うでしょう。俺には分かりません。人生は複雑です。

実験勉強実験勉強勉強実験実験勉強。

そして就職のことも考えなくてはならん。

「待てど海路の日和《ひより》なし」というのは森見さんのお好きな言葉でしたね。夜に不安になって眠れなくなると、商店街の書店でおじいさんから借りてきた古い映画のビデオを見たりします。映画が終わると、いっそうやりきれない気持ちになる。寝ようとしても、いろいろとよけいな考えが湧き上がってきて困ります。未来が見えない。

いっぽう京都の小松崎君は彼女との絆を深めるのに無我夢中で、五条坂《ごじょうざか》の陶器祭につれていくとはりきっている。おまえ、研究はどうした、未来はどうした、と俺は言いたいのです。恋をしてはだめだ。恋をしては人間がだめになる。

それにしても俺は未来が見えないけれども、ほかの人は見えているのか。それが気になります。見えた気になっているだけではないのか。そんなにやすやすと未来を切り開いた気分になって、諸君はそれでいいのか。就職できればそれでＯＫなのか。いや、就職すればＯＫなのかも。そもそも人生の船溜まりにぷかぷか浮かんで、船出の時を漠然と待っている俺が言うことではないのかも。分からない。

恋文代筆のベンチャー企業を作りたいと思います。

そのためには恋文の技術を完成させることが急務だ。

もうそれでええじゃないか。

未来の社長　守田一郎

森見登美彦様

＊

八月十九日
拝啓。

つくづく思いますが、我々の文通はいったい何なのでしょう。目的が見えない。恋人同士ならば、たがいの愛情を確認するという意味があり、友人同士ならば楽しい近況報告で盛り上がって絆を深めることもあるのに。お願いですから、なにか有益なことを教えてください。言葉を自在に操って、人生を乗り切る術を教えてください。

初恋の味のする飲み物とは何か。

しょうもないクイズに付き合っているほど俺は暇ではございません。そんなロマンティックな液体ばかり舐《な》めているから、机上の空論を弄ぶしかない軟弱な人間になってしまうのです。もっとリアリティのある飲み物を飲んで、初恋の味なんぞ忘れてしまうべきだ。谷口さんが愛飲している謎の精力増強剤を送りましょうか？

黒髪の美女たちと連れ立って五山《ござん》送り火を眺めたとは羨ましい。京都が懐かしくてならなくなりました。けれども森見さんが書くことには嘘が多い。俺は森見さんが〆切に追われているという事実すら疑っています。

大文字で思い出しましたが、我が友の小松崎君も彼女と一緒に大文字を眺めに出かけたそうです。彼女のマンションの屋上から見えるらしい。しかし、送り火を眺めていたかどうか疑わしいと俺は思う。どうせ大文字山を見るかわりに彼女のおっぱいでも眺めていたのでしょう。

彼の悩みの大半はおっぱいに起因する。今そこにある乳に関する大問題を彼と論じているうちに、ただ一切が過ぎてゆきます。こんなに情けないことは他にない。けれどもこれは、大問題だ。大問題だけれど、お願いだから恥を知って欲しいと思う。

それで、小説の打開策は見つかりましたか。

忌憚《きたん》ない意見を、ということですから、忌憚なく書かせて頂きます。

森見さんの小説は御都合主義的すぎます。リアリティというものがありません。野放図に妄想すればそれで済むというものじゃない。森見さんはお話を作るということの大切さをナメている節があるから、もうちょっと反省されてみては如何でしょう。

もりたいちろう

御都合主義者・森見登美彦氏へ

＊

八月二十二日

拝啓。新作の御原稿拝受しました。

さっそく拝読し、怒り心頭に発しました。俺が手紙に書いたあれこれを姑息に盗み取り、しかも事前に何の断りもない。象の尻も、達磨も林檎も、パンツを脱がないパンツ番長も、錦鯉を背負った人も、ぜんぶ俺が手紙に書いたことだ。標題に「御都合主義者」まで盗んで平然としているのだからおそれ入ります。

練りに練った愚痴を投げつけて、失うもののない俺から唯一の財産たる「青春の時間」を奪い取ったあげくの返礼がコレですか。哀れな俺を搾取して、それでもアナタは人間ですか。あなたの血液は何色ですか。哀れな老人から種籾《たねもみ》を奪う世紀末暴徒たちよりも極悪です。

森見さんだけじゃない。ほかの連中もみな、同罪である。自分の研究も、果てしなく続く文通も、谷口さんから「青春してるか?」と言われるのも飽きました。もうこんなところで夏休みも与えられずに、閉じこめられているのは御免です。

明日、抜け出すことに決めました。

夕暮れに七尾から特急サンダーバードに乗って、京都へ参上します。京都でやりたいことは山ほどありますが、まずは森見さんのところへうかがいます。

実益のないことがしたいのです。

ついでに原稿料を頂きますので、揃《そろ》えておいてくださいませ。初恋の味のする飲み物でもてなして、そして栄光の「三嶋亭」へ連れて行って頂ければ幸いです。ついでに、悪いことは言いませんから、著作権を俺に預けてください。森見さんに著作権を持たせたままでは、いつファンレターへの返事にくっつけて見も知らぬ他人に譲ってしまうか分からない。だから俺が責任をもって保管・運用します。

首を洗ってお待ちください。

影武者森見登美彦・守田一郎

偏屈作家・森見登美彦先生へ

第五話　女性のおっぱいに目のない友へ

八月六日

拝啓。京都はさぞかし暑かろう。こちらも日中は夏真っ盛りという感じだが、夜になると涼しい風が吹く。

そういえば、七月末に妹がお世話になったそうで、おくればせながら感謝。彼女は受験をひかえているので、大学というものがどんなところか見物に行ったそうだ。三枝さんとは森見登美彦氏談義でずいぶん盛り上がったらしい。そして、君のことは徹底して「マシマロ野郎」呼ばわりだった。

ところで。

我が友よ！　小松崎君よ！

まずはじめに、先日差し上げた手紙で俺が何を書いたか、ちゃんと読んだかと君を問いつめたい。「君とは長い付き合いだが、もう文通はやめる。さようなら」と俺は書いた。誰がどう読んだって、あれが絶縁状であることは間違いない。

にもかかわらず、なにゆえ君は手紙を送り続ける？

白ヤギさんではないのだから、読まずに書くのはやめたまえ。

恋愛の甘い汁を吸っている君と文通して、そのあり余る幸せのお裾分けをちゅうちゅう頂こうなんぞとは思わない。俺が文通している森見登美彦という作家の小説に、こんな一文がある――「幸福が有限の資源だとすれば、君の不幸は余剰を一つ産みだした」。これを逆に言うならば、「幸福が有限の資源だとすれば、君は誰かの幸福を横取りした」。ここでいう誰かとは、明らかに俺のことである。

この春から夏にかけて、俺は身にふりかかる数知れぬ災いと戦ってきた。君が俺の幸福をこっそり奪っていたのだ。貴重な幸福資源が貨物列車に載せられて夜な夜な運び出され、京都に住む君のもとへまさかの宅配。私腹を肥やすのは君ばかり。

なんという友達甲斐《がい》のないことであろう。

この幸福泥棒！

俺から簒奪《さんだつ》した幸福のうえにぬくぬくとあぐらをかきながら、それでも君は贅沢《ぜいたく》な恋の悩みをぶうぶうと垂れ続ける。返事なんか書くものかと思っていたのだけれど、君の恋の悩みをいろいろと読んでいると、君が根本的な真実から目をそらしていることが明瞭に分かり、むらむらと腹が立ってきたので、やっぱり手紙を書くことにする。

君という人間にいろいろな問題点があるのは、俺が一番よく分かっている。

君は話術に長《た》けているわけでもないし、スポーツが得意なわけでもないし、マシマロに勘違いされて蹴飛ばされるような外見だし、そのうえ阿呆のパイオニアだ。

誰も想像がつかなかった阿呆の新地平を切り開く男として、関係者各位へ絶え間なく汚名を売ってきた君ではないか。君が三枝さんとスマートに付き合えるだろうとは、俺はハナから思っていない。気まずいこともあるだろう。そんなことは当たり前だ。しかし君は、君自身の一番厄介な問題に目をつぶっている。それではだめなのだ。相手を知るということは、まず己自身を知るということである。いいこと書いた！

虚心坦懐に己を見つめてみたまえ。俺の鋭い眼が見抜いたところでは、君は彼女のおっぱいのことしか念頭にない。図星であろう。まず、その状態から抜け出せないことには、落ち着いて彼女をリードするなどという高等技術が、君の身につくはずがない。それは私が保証する。

何か反論があったら手紙をくれ。

守田恋愛相談室筆頭相談員・守田一郎

おっぱい先生　足下

＊

八月十一日

拝復。

君から赤裸々な告白文が送られてきたので驚いた。君がそんなにもおっぱいに目がないとは思わなかった。俺は君の手紙を読みながら数えてみたのだが、「おっぱい」という言葉が百と八回も出てきた。こんな手紙が書かれたのは人類史上初めてのことではないか。歴史的愚行を達成していると言えよう。

正直なところ、君が彼女のおっぱいに目を奪われているとは言っても、そんなに四六時中、思い悩んでいるとは思っていなかったのだ。君はつねに俺の予想を裏切り続ける人だ。中学生や高校生ではあるまいし、いつまでもおっぱいにこだわっていては、立派な大人にはなれやせん。もっとほかに見るべきところが色々とあるだろう、うなじとか、えくぼとか。

三枝さんに申し訳ないとは思わないのか。君の手紙を読んでいても、三枝さんの人物像がほとんど見えない。見渡すかぎり、おっぱいばかりがある。

君が欲望に苦しめられているのは、たしかに事実だ。しかし、情けない。しょせんは、ちょっと男よりもふっくらしているというだけの、身体的特徴の一つに過ぎないではないか。おっぱいへの憧憬《しょうけい》の念断ち切れず、あんなふわふわした曖昧《あいまい》なものに常住坐臥《じょうじゅうざが》意識を支配されることを恥ずかしいとは思わないのか。誇りを持てと言いたい。理性的な立派な男たるもの、おっぱいの一つや二つ、鼻で笑う度量があるものだ。俺を見てみろ。デキる男というものは、おっぱいが電柱のわきに転がっていても見向きもしない。あくまで前を向いて歩いていく。

だから笑って受け流すがよい。「なんだコノヤロウ、ふわふわしやがって！」と言ってやれ。あんなもの！

おっぱいに精神を支配された者は哀れである。今の君が他人からどのように見えるか、考えてみたまえ。今の君は、世界の中心で「おっぱいが大好きだ」と叫んでいるようなものだ。それはもう、救いがたい阿呆に見えるよ。そういう自分の情けなさをよくよく味わっておけば、俺への手紙に百と八回も「おっぱい」と書くような醜態をさらさずに済むのである。

俺はそんなことに動じる男ではない。つねに心は琵琶湖のように落ち着いている。たとえば大塚緋沙子さんのおっぱいなんか、俺はまったく興味がない。あんなに恐ろしいものはない。むしろ憎く思っている。コンニャロウと思う。

まあ、それはいい。一つ気になったことがある。

君が三枝さんのおっぱいについて俺に手紙を書くのは、彼女に対して失礼なことではないだろうか。彼女のおっぱいが、君の個人的夢想や欲望の対象であることは確かだ。だが、つけ上がるな。彼女のおっぱいは君のものではない、彼女のおっぱいは彼女のものだ。俺は君からの手紙を読みながら、そんなことは彼女に失礼だと思っているにもかかわらず、彼女のおっぱいについて想像せざるを得なかった。やむを得ず、したのである。そして罪悪感が残る。まったく迷惑千万である。

相談しろと言った俺が悪いが、もう少し彼女に対するデリカシーを持ちたまえ。このおっぱい問題を乗り越えたとき、「デリカシー」が君の次なる課題となることを予告してこの手紙を終わる。

草々頓首

守田・デリカシスト・一郎

小松崎・おっぱい・友也さま

＊

八月十五日

拝啓。お手紙拝読した。

「彼女のおっぱいを想像するなんてけしからん！」と君は怒る。

ねえ、モナミ。

君は俺にどうして欲しいというのか。俺は想像したくないのである。面識もない彼女に対して無礼千万であることは重々承知しているのである。それを君がいろいろと手紙で書いてくるものだから、やむを得ず想像しているのだ。あくまで、しぶしぶ、想像しているのだ。

さらに言えば、君の手紙をどう読もうと俺の自由だ。日本国憲法に、思想信条の自由に関する条文があったはずである。俺が頭の中で何を考えようとも俺の自由である。俺が彼女のおっぱいについて思いをめぐらせようとも、君にそれを阻止する権利はないはずだ。君は彼女のおっぱいに目がくらむあまり、日本国民たる俺の自由におっぱいを想像する権利まで侵害しようというのか。

いや、それはもういい。

君がたしかに笑うに笑えない状況にあるということはよく分かった。「おまえはどうなのだ」と君は言うけど、俺は魂の鍛錬がすでにできたから、ちょっとやそっとでは動じない。もちろん、動じろと言われれば動ず。けれども動ずべからざる時には動じない。これが精神を律するということだ。

俺は毎朝四時半に起床して山の頂きまで登り、山伏にまじって厳しい修行を続けてきた。山伏の修行の大半は、こんもり膨らむ山を見ても「おっぱい」を連想しなくなるために費やされる。もはや俺は、どんな美しいおっぱいにも動じない自信がある。君も大文字山へでも登ってそれぐらいの修行をしてみたらどうかと思う。

ただ、君がおっぱいばかり気にして会話に支障を来《きた》すようでは、付き合う彼女も可哀相だ。君の盟友として、というよりも、三枝さんのために俺も真剣に考えようと思う。

俺が思うに、君は素直すぎるのだ。

君はおっぱいに信頼を寄せすぎている。君の夢と栄光の一切を、ただ二つのおっぱいに賭けようとしている。しかし、落ち着いて考えてみよう。おっぱいとは、そんなにも絶対的なものであろうか。

かつてフランスの哲学者デカルトは、徹底的な懐疑を通じて確実な真理に迫ろうとした。我思うゆえに我あり、という有名な言葉を知っているだろう。君の目前にある、今そこにある乳の存在について徹底的な懐疑の念を持ってみるべきだ。今そこにあるおっぱいは、いったい何か。それを飽かず見つめている己は、いったい何か。それを繰り返し問い続けるうちに、おっぱいは世界の中で君と対峙する一つの純粋な存在として抽象化され、君を理不尽に魅了することをやめるであろう。たぶん。これを「方法的おっぱい懐疑」という。この方法で、おっぱいから精神的に距離を取れるようになった人の話を俺は聞いたことがある。嘘じゃないよ。

あるいは進化論的に考えてもよい。

俺の進化論によると、大昔、人間は四つんばいになって歩いていた。それゆえにその時代、おっぱいはふだん見えない位置にあったから、雄たちはまったく気にしなかった。長く「お尻の時代」が続いた。だが人間が進化して二足歩行をするようになると、お尻のカリスマ性は少しずつひかえめになり、代わって圧倒的な勢力をもって台頭してきたのがおっぱいであった。見やすい場所にあり、しかもお尻にやや相似形だから、みんな勘違いして興奮したのであろう。

だから何なのだと言われれば、要はそれだけの都合で決まったと言いたいのだ。我々は必ずしも太古の昔からおっぱいに魅了されてきたわけではない。もし逆立ちして歩くように進化していたら、ざらざらした膝小僧に魅了されて人生を棒に振る男がたくさんいたかもしれないのだ。それだけのことである。進化の過程で、たまたま二足歩行を獲得したがゆえに、なんとなくおっぱいが選ばれたに過ぎないと俺は考える。

そう考えると、なんだか腹が立ってきはすまいか。おっぱいの持つ絶対性が揺らぎはすまいか。

これを要するに、理性をもっておっぱいに打ち克《か》て、ということに尽きる。おっぱい絶対主義は克服されねばならない。君は理性が少し足りないよ。せっかく彼女と下鴨神社の古本市に行ったのだから、もう少し役に立つ本を読んで勉強したまえ。

健闘を祈る。

おっぱいの絶対性を否定する会代表・守田一郎

おっぱい先生　足下

＊

八月十八日
拝啓。

五山送り火の報告ありがとう。

君は敢えて触れていなかったけれども、本当に送り火を見ていたのか？　彼女のおっぱいを見ていたのではないのか？　俺を騙《だま》せると思ってはいけない。

でも彼女のマンションの屋上から送り火が見えるなんて、そんな絵に描いたようなシチュエーションが実在するのだなあ、と俺はしみじみ思った。あんまり淋しかったので一人で線香花火をしてみたら、もっと淋しくなった。勝手に山へ火を放って、一人大文字をやってやろうかと思った。

森見登美彦先生は黒髪の乙女たちを引き連れて、送り火見物をやったそうだ。森見先生は京都に住んでいるのだよ。しかし黒髪の乙女たち、というのはたぶん夢だろう。

ところで君の問題だ。

「やはり彼女とはリラックスして喋《しやべ》れない」と君は言う。これほど君の本質的問題を指摘してやっているのに、君は問題をすりかえようとする。それだからいつまでたってもダメなのだ。言ったはずだ、相手を知るということは己を知るということだ、と。君は自分を見るのがいやで、相手を見ているだけではないか？　それは逃避にすぎない。彼女（おっぱい）を見る前に、まず己自身と対峙せよ。

君は彼女が好きなのか？　それともおっぱいが好きなのか？

もっと真剣に自分へ問い続けろ。

本当に彼女が好きならば、おっぱいへと向かう己の欲望から目をそらさず、如何にそれを律するか考えるべきだ。欲望をごまかしきれたと天狗になったとたん、おっぱいは容赦なく君に牙を剝《む》くだろう。

おっぱいというものは、なぜそんなにも男たちを右往左往させるのであろうか。あんな、ちょっとしたふくらみに過ぎないものが、なぜ男の理性を支配するのか。まったく理解できない。理不尽である。不条理である。これは何かの呪いであろうか。おっぱいは我々の目前にデンと居座り、我々の精神を束縛する。我々はおっぱいに目を曇らされている。おっぱいは世の真実を覆い隠している。これは自由を求める戦いなのだ。おっぱいによる支配を一掃してこそ、真に人間と人間による魂の交流が可能となる。我が手に自由を！
つい興奮してくだらんことを書いた。能登の夏はお盆までだという。こんなことしているうちに、貴重な青春の夏が終わってしまった。どうしてくれる。おっぱいおっぱいと連呼して、君は恥ずかしくないのか。おっぱいのことばかり語る人間とまともな話はできません。さようなら。

頓首
イチロー・モリタ

おっぱい野郎さま

＊

八月二十一日
拝啓。
君からあんな相談を持ちかけられてからというもの、なにかというとおっぱいのことが脳裏に浮かんで実験が手につかない。森見登美彦先生に相談してみたら、先生はただ一言、「おっぱいは世界に光をもたらす。光あれ」と書いてきた。
このところ、休みもなくこもっているのがいやで、実験所から抜け出して駅前の自販機で缶コーヒーを買い、海沿いの道を歩く。汗を流し、風に揺れる稲穂や七尾湾を見ながら将来に思いを馳せると、じつに暗澹《あんたん》たる気持ちになるから、なにか無益なことを考えよう考えようとしていると、決まって君のことが浮かんでくる。君のことが浮かぶと、もう後はおっぱいのことしか考えられない。どこまでいってもおっぱいから逃げることはできない、戦慄《せんりつ》すべきこのおっぱい世界。

慌てて実験所に戻り、冷房の効いた実験室からふと窓の外を見ると、海の向こうに緑の能登島が見えている。なんとなくおっぱいに見えてくる。こりゃいかんと思って空を見ると、今度はずんぐりした入道雲が盛り上がって、それがまたおっぱいに見えてくる。いよいよ俺も阿呆になったと思い休憩することにして、お茶部屋の冷凍庫に谷口さんが隠していた「雪見だいふく」を食べようと思ったら、それもまたおっぱいに見えてくる。

仕事にならないので散歩に出て、北にある神社まで歩いていった。海側に飛び出すようにして鎮守の森があるのだが、田んぼの向こうにあるこんもりふくらんだ森が例のものにしか見えない。しかも毎朝能登鉄道に乗っていて気づいたのだが、能登鹿島駅と南にある西岸《にしぎし》駅との間にも同じような鎮守の森があり、俺はまさにおっぱいの谷間で研究していることになるのである！　という事実に驚いていたら、「俺の雪見だいふくを喰ったのはおまえか！」と谷口さんが追いかけてきた。

何をやっているのだろう。

なんだか俺もだんだんマシマロ化してきた。俺たちはおっぱいの呪縛を振り払って、曇りなき眼で世界を見つめ直す必要がある。そのためにはどうすればよいのか。と、ここまで書いたところで画期的なアイデアを思いついた。

それを実行に移すため、京都へ行くことにする。

じつのところ、それはもののついでで、本当はいったん能登から逃げ出して、息をつきたいだけなのだ。二十五日金曜日の夜に守田一郎が京都へ入城する。ただし、これは極秘事項だ。とくに大塚緋沙子大王には決して漏らすな。秘密を守れなかったら、君のおっぱい書簡を百万遍《ひゃくまんべん》交差点でばらまく。

今回の京都行きの目的は二つある。

一つは我らを支配しているおっぱい絶対主義を打ち砕くこと。もう一つは研究室における大塚緋沙子大王による支配をくつがえすこと。それぞれ、すでに計画は我が胸中にあり。泥船にのったつもりで悠々とかまえていろ。

続報を待て。

守田一郎

小松崎友也さま

八月二十五日
小松崎さま。今日ちょっと研究室へ顔を出しました。やはり京都へ来たからには教授に中間報告だけはしておこうと思ったのです。君にお会いできずに無念であります。メッセージだけ残しておきます。例の0－81絶対主義の件については後ほど電話します。15:30。守田一郎

＊

八月二十七日
拝啓。
今、俺は京都駅の近鉄名店街の奥深くにある喫茶「ジェーン」にて、この手紙をしたためている。
それにしても、この近鉄名店街に漂う昭和の風情はいったいどうしたことか。超モダンなデザインで観光客のド肝を抜き続ける京都駅の一角に、こんな趣深い路地

があったとは。そこはかとなく「失われた時代」の哀愁が漂う近鉄名店街の風情が、おっぱいに敗れて京都を去ろうとしている俺の哀しみに寄り添ってくれる。ありがとう、みんな、ありがとう。

君はきっと怒っているだろう。いや、怒っているだけならばまだよいが、絶望してはいないか。あの祇園祭の後のようにまた「インドへ逃げる」と言い出さないか、俺は心配している。しかし俺も悪気はなかったのである。というか、生まれてこの方、俺は悪気がないのである。一日一善の人なのである。

あの夜、研究室から駆け出した君を俺は追いかけなかった。面倒臭かったからではない。もし追えば、俺も君と一緒にインドへ行ってしまいそうだったから。

まず、俺の理論をもう一度説明させてくれたまえ。

以前の書簡で、俺は君に「方法的おっぱい懐疑」という手法を示した。

今そこにあるおっぱいの存在をひたすら疑うことによって、目前のおっぱいが抽象的存在となるまで己を追いつめ、おっぱいの呪縛から自由になるという手法だ。だが、君も返信に書いていたとおり、この手法には致命的欠陥があった。見つめれば見つめるほどその可愛さは増すばかりということが判明したのだ。存在が揺らがないのである。

そこで俺は考えた。

凡俗の我々には、精神力だけでおっぱいの存在を疑うのは荷が重い。我々が一人で走れるようになるまでは、何らかの補助輪が必要だ。おっぱいの存在を疑いやすくするために、もっと簡便な方法はないだろうか。そこにあるおっぱいはたしかにおっぱいではあるが、もはや到底おっぱいには見えないというような工夫ができないものか。いっそのこと、我々が「もうお腹いっぱい胸いっぱい」になってしまうような方法はないか。

能登における孤独な思索の末、たどり着いたのは「拡大化」という手法だ。

俺は考えた——我々の手に余るぐらい拡大化すれば、それはもう何がなんだか分からなくなり、おっぱいであることの意味を失うだろう、と。そのためにはプロジェクターで投影するのがいい。そこで俺が思いついたのが、研究室で中間発表のときに使っているプロジェクターだ。壁に拡大化したおっぱいを投影し、ひたすら凝視していれば、だんだんそれがおっぱいには見えなくなり、ついにはおっぱいなんぞどうでもいいという気になるだろう。俺も君もこの呪縛から解放されることであろう!

そこで一昨日の金曜日、俺は夕闇をたくみに利用して谷口軍曹の目を逃れ、能登鹿島臨海実験所を脱出、七尾駅から京都行きの「サンダーバード」に飛び乗った。そしていったん研究室に顔を出して教授と今後の人生について話をしたあと、君と待ち合わせして間宮《まみや》少年を迎えにいき、そして寺町通《てらまちどおり》の三嶋亭前で森見登美彦氏と待ち合わせた。

あの夜、三嶋亭のすき焼きを食べることができたのだから、その点は満足してくれ。しかし三嶋亭で、森見氏が「おっぱいそれぞれ、人生それぞれ」と何の意味もない言葉を呟いて、間宮少年といっしょに姿を消したときから、運命の歯車はくるっていたのだ。森見氏から聞き出したところによると、彼らは三嶋亭にいた「大日本乙女會」の面々と合流した。そして金づるを失った我らが三嶋亭からの脱出方法について激論を交わしている間、夜の街に出て楽しく過ごしていたのである。

そして例の上映会のことになる。

研究室のプロジェクターは教授室のロッカーに保管されている。おっぱいを拡大投影するために使ったなどということがばれたら、俺は能登半島に骨を埋めることになるだろう。だからこそ、俺たちは慎重に行動していたはずである。金曜日のその時刻には、教授は帰宅している。実験室を隅まで調べたが学生たちもいない。大塚緋沙子大王は夕方から「週末のアタシは旅の空の下」と歌いながら出ていったというから絶対に大丈夫。そして俺がプロジェクターを設置している間に、君はロッカーに隠してあった桃色映像資料をだしてきた。

そこから先は君も知っている通りだ。

たしかに、われわれは幾つもの誤りを犯した。

我々は楽観的すぎた。この期《ご》に及んで、まだ敵の恐ろしさを分かっていなかった。いくら拡大しても、おっぱいはどこまでもおっぱいであったのだ。その存在は疑いようもない。「そんなはずはない」と思い、俺は大画面を凝視した。どうしても思い通りにはいかないと分かった後も、俺は自分に言い聞かせ続けた。これはただの物体だ。ただのやわらかい、美しい、神秘的な、物体だ。こんなものにハートを鷲《わし》摑《づか》みにされてたまるものか。それは精神と肉体の戦いであった。

戦いに戦ったあげく、俺はおっぱいに敗北し、「ああ、おっぱい万歳」と力なく呟くほかなかったのだが、あまりにも戦いに熱中していたがゆえに、ドアがいつの間にか開かれて、予想だにしなかった人々が一堂に会していることに気づかなかった。森見登美彦氏のかたわらに間宮少年がぽかんとして立っていた。機敏に状況を把握して少年の目をふさごうとしているのは三枝さんである。そして三枝さんの後ろに立っていたのは、俺の妹、そして伊吹夏子さん――「大日本乙女會」の面々。

ここまで書いてきて、無性に腹が立ってきたのだが、なぜ君は鍵をかけておかなかったのか！　俺がプロジェクターを設置しているあいだ、君はいったい何をやっていたのか。ポカンと口を開けて、おっぱいが巨大化するのをワクワクして待っていたのか。いくら金曜の夜だとは言っても、誰かが研究室へやってくる可能性を君は考慮しておくべきだったのだ。そもそも、三枝さんが所属する「大日本乙女會」がその夜に三嶋亭で会合を開くことをなぜ恋人たる君がきちんと把握しておかなかったのか。そして、「大日本乙女會」なる組織が、森見登美彦氏の読者たる三人の黒髪の乙女（三枝さん、伊吹さん、俺の妹）によって結成されたサークルであることを、なぜ君は前もって教えてくれなかったのか。

いや、やめよう。

君を責めたとて、取り返しはつかない。

君は白壁に映ったおっぱいを凝視している阿呆面《づら》を見られるだけで済んだかもしれないが、俺を見ろ。大画面に映し出された巨大おっぱいに向かって「おっぱい万歳」と呟いているところを、伊吹さんと妹に見られたのである。「おっぱい万歳」。よりにもよって「おっぱい万歳」。俺は「おっぱい教」の信者か。よほど親しい男が相手でも、やすやすとは聞かせない超個人的独白、四半世紀生きてきて、俺が漏らした「ザ・恥ずかしい台詞《せりふ》」ベスト3に入るのは明らかというべき極私的呟きを、よりにもよって伊吹さんと、血を分けた妹に聞かれるとは誰が想像し得たであろう。就職して研究室を去り、俺と過ごした日々の美しい思い出だけを胸に生きていたはずの伊吹さんが、たまたま半年ぶりに立ち寄った研究室で、なにゆえ「おっぱい万歳」と呟く俺を目撃せねばならんのだ。これまで兄を尊敬して育ち、いずれは兄と同じ大学で学びたいと研究室まで見学にきていた我が妹が、なにゆえ「おっぱい万歳」と呟く俺を目撃せねばならんのだ。これはもう、筆舌に尽くしがたい悲劇である。

君のために良かれと思ってやったことだった。

それが俺の希望を完膚無きまでに粉砕した。

招かれざる客たちが、申し訳なさそうな顔をしてドアを閉じたあとの、あの冷え冷えとするような沈黙。俺と君は石膏像《せっこうぞう》と化したかのように動かず、ただ大きなおっぱいを見上げていた。やがて君が意を決したようにドアを開けたが、彼女たちはもうそこにはいなかった。森見さんだけがぽつんと立っていて、「おっぱい万歳」と呟いた。そして「君もたいへんだな」と言って、三嶋亭のお金を握らせ、同情の籠《こ》もった眼差しで俺をしばし見つめたあと、ふわふわと歩いていった。

君がわめきながら走り去るのを見送った後、俺は一人研究室へ戻ってプロジェクターを片づけ、黙々と後始末をした。あれほど夜の研究室の静けさが身に染みたことはない。そして大塚緋沙子大王を陥れる仕掛けを施してから研究室を出た。

実家に帰ったら、妹が「お兄ちゃんには絶望しました」と言ったきり何も言わない。父が「お、なんだ？　なんだ？　家族会議を開くか？」と嬉しそうに言った。

俺は、俺はもう、能登の海に沈んでしまいたい。

今回は手紙を長々と書いた。

なんの実りもなく、むしろ傷だらけの心にまた深い傷を一つ増やして、俺は京都を去ってゆく。次はいつ戻ってこられるのか見当がつかない。能登の臨海実験所では鬼軍曹の谷口さんが手ぐすね引いて待っている。実験をうまくやり通す自信もない。

俺は繰り返し、あの半開きになったドアの向こうから関係者各位が俺を呆然と眺めていた情景を思い出すだろう。今、あんまり情けないので、思わず「おっぱい万歳」と呟いてしまった。ここの下にある染みは涙の染みである。ヨダレではない。

なんという夏であろう。

俺に悪気はカケラもなかった。俺はただおっぱいから自由になりたかっただけ——。

今でもこの信念は揺るがない。

おっぱいから自由になること。すべてはそこから始まる。

女性のおっぱいに目のない男
女性のおっぱいに目のない友へ

第六話　続・私史上最高厄介なお姉様へ

八月二十七日

拝啓、大塚緋沙子さま。

世に蔓延《まんえん》する夏休み気分が一掃されようとしつつある昨今、いかがお過ごしでしょうか。プールサイドでキャアキャア言っていた小学生たちも、初恋に胸ときめかせていた中学生たちも、浜辺で嬉し恥ずかしのフォークダンスを踊っていた高校生たちも、破廉恥《はれんち》な浮かれ騒ぎで脳味噌を蒸発させていた大学生たちも、楽しい夏休みの幕引きを目前にして、絶望的な気分にさいなまれていることでしょう。

どんなに楽しいこともいずれは終わる、どれだけ宿題が積み残されたままでも期限はやってくる。「夏休み」という概念が存在しなければ、何も考えずにのうのうと生きている若者たちが時間の残酷さについて思いを馳せる機会があろうか。

夏休みの醍醐味《だいごみ》は、その終焉《しゅうえん》にあり。

そして大塚さんの絶対王政も終焉の時を迎えたのです。

四回生になって当研究室へ配属されて以来、この能登鹿島臨海実験所に派遣された今日に至るもなお、大塚さんはさまざまな試練を守田一郎にお与えくださいました。「教授の次に偉い」「下手をすると教授より偉い」と、もはや生ける伝説と化した大塚さんの傍若無人自由奔放な振る舞いはまことに目に余るものがありました。

長い物には巻かれる主義、寄らば大樹の蔭《かげ》主義、事なかれ主義の私は、つねに堪え難きところを堪え忍んで、大塚さんに服従して参りました。賀茂川を渡れと言われれば渡りました。酒を買ってこいと言われれば買ってきました。銘柄が間違っていれば買い直してきました。七夕で竹が必要となれば植物園へ刈りに行きました。そして管理人に叱られました。走馬燈のように脳裏をよぎるビタースウィートメモリーズ！

だが、追いつめられた鼠《ねずみ》はやがて牙を剝く。

現在、私は京都駅の近鉄名店街の奥深くにある喫茶「ジェーン」にて、この手紙をしたためています。大塚さんが何処かの旅の空の下でのんきに喰っちゃ寝しているスキをつき、一昨日、私は研究室に乗り込んだのです。

大塚さんは自分の机をごらんになりましたか？

なにか足りないことに気づかれましたか？

修士論文を執筆中のパソコンが消えていませんか？

もうお分かりでありましょう。

これは守田一郎による犯行声明であります。

パソコンの在処《ありか》を教えて欲しければ、以下の要求にこたえよ。

一、今後、守田一郎を顎《あご》で使わない
二、朝と晩には必ず守田一郎のおわします方角に向かって礼拝する
三、守田が食べたいと言ったら、必ず猫ラーメンを奢る（無期限）
以上。

どれほどいちゃいちゃした恋人同士もやがて別離の時を迎え、長年の親友は袂《たもと》を分かち、幸福で慎ましい片想いもいずれ終わる。沙羅双樹の花の色は盛者必衰のことわりをあらわし、猛《たけ》き者も風の前の塵《ちり》と同じように滅びるのであります。大塚緋沙子絶対王政もまたその例に漏れず。

伊吹さんの件で私を弄んだことに対する報復です。反省してください。

合掌

守田一郎

大塚緋沙子さま

八月二十八日

＊

急いでおります。急いで読んでください。

能登鹿島臨海実験所に戻ったところ、私のパソコンも実験ノートも消え失せていました。なぜ、なにゆえ！　指導してくれる鬼軍曹谷口さんに聞いてみましたが、「てめえ、命の次に大事な実験ノートをなくしただと？」と今にも私を七尾湾に沈めかねない勢い。なんとか今日一日はごまかして、七尾のアパートに戻ったところでポストの中に見つけたのが、大塚さんからの犯行声明でした。

いつの間にこんなところまで？　なんのために、わざわざ遠路はるばると！

そういえば七尾から京都へ向かうサンダーバードが福井にさしかかる手前で、何かぞくりと悪寒が走ったように思いますが、ひょっとしてあのとき、大塚さんとすれちがったのではあるまいか。信じられない。なんという入れ違い！　そして二人とも全く同じことを企てるとは、なんという奇遇！

これは緊急を要する事態です。

大塚さんは修士論文執筆がいったん停止するだけかもしれませんが、こちらは現在進行中の実験データをすべて失って、達磨のごとく手も足も出ない。明日からの実験にも支障が出る。なぜそういう悪戯《いたずら》を平気でするのですか。思いやりがない。人間としての節度がない。他人の都合というものをよく考えてくださいまし。

先ほど、慌てて電話をかけたのですが、あなたは出てくれない。そんなに私がお嫌いですか。こんなにも心優しく、何一つ天下に恥じることのない清廉潔白な私を。

私のパソコンと実験ノートを、即刻返還することを要求します。

これは本当に冗談ではすまない。返してもらえるまでは、大塚さんのパソコンの在処をお教えするつもりはありません。

取り急ぎ。

守田一郎

大塚緋沙子閣下

*

九月四日
尊書拝読。

大塚さんが電話に出ない理由は分かりました。

しかし端的に言って「ありがた迷惑」です。たしかに私は文通武者修行中です。もちろん恋文の腕を磨き、恋文代筆のベンチャー企業を立ち上げると宣言もした。

私だって、できるものならばそうしたい。世の中の美女たちを、一瞬にして籠絡する恋文の技術を身につけたい。しかし、男ならばいったん宣言したことを貫徹し、一切を文通でカタをつけろとは厳しすぎる。「男ならばいったん宣言したことを貫徹しなければならない」なんて、そんな何の根拠もないことを、いつ、どこの誰が決めたのだ。総理大臣か。アメリカ大統領か。自慢ではないが、守田一郎は男であります。それでも、生まれてこの方、何一つ貫徹したことがない。私の辞書に「貫徹」の二文字はないことをお伝えしておく。とにかく今はそんなことを言っていられないのです。実験を再開しないと！

あのパソコンと実験ノートには、たいへん重要なデータが入っているのです。この荒れ果てた地球を住みやすい星に変え、人類の明るい未来を切り開く素晴らしい実験データの数々が入っている。世界中のあらゆる国の諜報機関や科学組織が血眼《ちまなこ》で私の行方を追っている。それぐらい重要な実験なのであります。私の研究によって科学界にはたいへんな変革がもたらされるであろう、と誰かが言った。来たれ、パラダイムシフト！　いや、たとえ変革がもたらされずとも、少なくとも私の卒業はもたらされるであろう。それだけでも充分有意義であります。

大塚さんは地球の未来を暗黒に変えるおつもりですか。そして私の未来をも暗黒に変えるおつもりですか。それは魔王のすることです。人類の敵とはあなたのことだ。

辛《かろ》うじて残っていたデータとメモ、そして鬼の目にも涙の谷口さんがくれたデー夕を頼りに実験を進めておりますが、いずれ限界が来るのは確実です。

谷口さんの態度には、ほのかに憐憫《れんびん》の情が感じられる。失敗しても怒られない。それどころか「かまわないぜ、チェリーボーイ」と慰められたりする。「雪見だいふく」をくれることさえあるのです。あれほどうるさいと思っていた鬼軍曹の叱責が懐かしくなる。諦念ゆえの優しさは私の心を傷つけます。「あの子は頑張ったところでだめだから生温かく見守ろうよ」と言われているような気がする。なんという屈辱であろうか。

この期に及んで、ようやく私の誇りが傷つきました。

だからこそ、せめて最低限の成果だけは出さねばならぬ。「こいつは駄目なやつだが、やるべきことは一応やった。でも駄目なやつだった」と、谷口さんに思い知らせねばならぬ。そのためには、パソコンと実験ノートが必要なのです。

お分かりですか。私がようやく本気になっているのですよ。こんな機会は二度とない。だからパソコンと実験ノートを返してもらわなくては困るのです。

大塚さんだって、あのパソコンがなければ、修士論文を一から書き直さなくてはならないのではないですか。おたがいに崖っぷちで睨み合うのは止めましょう。不毛です。我々は、かぎられた時間を有意義に使わなければならない。

夏休みが終わるように、学生時代もまた終わるのです。

というか、嫌でも終わらせなければならぬのです。

人類の希望の星・守田一郎

緋沙子大魔王　足下

＊

九月十日

残暑は厳しく、そして私の置かれた状況もまた厳しい。

お手紙拝読。そんな要求を呑むつもりはありません。

しかし、俺の要求は取り下げます。おたがいに利害は一致しているはずだ。あなたの目的はパソコンを取り戻すことであって、そこへ理不尽な要求を上乗せできる状況ではないでしょう！　早急に解決しないと俺は京都へ戻れず、あなたは大学を卒業できない。誰ひとり得をしない！

私の実験ノートに何が書いてあったとか、そんなことはいい。あれは実験の合間にやっていた恋文代筆業の練習です。あくまで事業計画の一環であって、特定の相手を想定したわけではありません。練習とは思えないリアリティがあるのは、天与の才能ゆえです。伊吹さんへの手紙の下書きなんぞでは断じてない。

実験ノートはあなたの手元にあるのですか？　それとも、この臨海実験所のどこかに隠してあるのですか？　まさか海に沈めたとか、そんなわけではないですよね。お願いですから、在処を教えてください。

「まず自分のパソコンの在処を教えろ」という要求には、とうてい応じられません。私が教えたからと言って、あなたが私のパソコンと実験ノートを返してくれる保証がどこにある。一方的に私に不利です。

大塚さんがまず、教えてください。それならば私も教えます。

私が教える保証はない、と仰ることでしょう。しかし、そんなことは絶対にない。なぜなら私は清く正しい人間だからです。これまでの人生で嘘を吐《つ》いたことは一度もない。その点をどうか、ご理解頂きたい。

この不毛な大人げない争いにけりをつけましょう。

守田・聖人・一郎

大塚緋沙子さま

*

九月十五日

お手紙受け取りました。

信用して頂けて幸いです。たいへん賢明なご判断でした。さすが大塚さんです。ようやく我が愛用のパソコンと、この半年苦楽をともにしてきた実験ノートをこの手に取り戻すことができました。まさか能登鹿島駅の駅舎内に隠してあるとは思いませんでした。誰かに盗まれたらどうするのですか。本当に無茶なことをする人です。

これで、谷口さんの憐憫の情をはねのけ、人類の未来を明るくするための実験に励み、きちんと成果を上げることができましょう。京都へ帰還する日も近い。

しかし、大塚さんの悪行一切が帳消しになると思ったら、それは甘すぎる。あなたのおかげで、私はこの二週間、たいへん不自由な思いをしました。かけがえのない時間の損失。今さらパソコンと実験ノートの在処を教えてもらったからといって、その損失が取り返せるわけでもありますまい。したがって、私はまだ大塚さんのパソコンの在処をお教えするつもりはないのです。まことに残念！

所詮《しょせん》、人の世は騙し合いであります。勝てば官軍、負ければ賊軍、騙された方が悪いのです。大塚さんともあろう人が、世渡りの基本をお忘れになるとは嘆かわしい。

パソコンの在処を教えて欲しければ、以下の要求にこたえよ。

一、今後、守田一郎を顎で使わない
二、朝と晩には必ず守田一郎のおわします方角に向かって礼拝する
三、守田が食べたいと言ったら、必ず猫ラーメンを奢る（無期限）
以上。
卑怯者《ひきょうもの》と罵《ののし》るならば罵るが良かろう。何と言われようと動じません。
初めて大塚さんに勝ちましたね。
乾杯。

半島に暮らす策士より

大塚緋沙子さま

＊

九月十八日
拝啓。
週明けに意気揚々と研究室へ出かけたら、パソコンと実験ノートが消えていまし

た。臨海実験所内はおろか、七尾湾沿岸一帯をさまよいましたが、見つかりません。まだ大塚さんへ私の手紙が届くか届かないかぎりぎりのところのはず。たとえ読んだ直後に怒りにまかせてサンダーバードに飛び乗っても、これは不可能です。しかし、こんなことをするのは大塚さんしか考えられない。いったいどんな魔法を使ったのですか。

風邪をひいたと偽って七尾のアパートにぽつんと座って膝を抱えていると、大塚さんの高笑いが聞こえてくるようです。来週には小松崎も実験所にやってきます。先輩面しようと思っていたのに、徒手空拳では説得力がありません。私は泣きました。

大塚さんのほうが一枚も二枚も上手でした。大塚さんは本当に偉大な人であると腹の底から分かりました。とうてい私ごときが刃向かえる相手ではありませんでした。それを今、痛感しております。反省しております。京都へ向かって土下座しながら、このお手紙を書いています。この染みは反省の涙の跡です。

今後二度と、あなたを裏切るようなことは致しません。

だからパソコンと実験ノートの在処をどうかお教えください。これだけひどい目にあわされれば、もう嘘は吐きません。おっぱいの神様に誓います。

完敗。

あなたの下僕　守田一郎

大塚緋沙子閣下

＊

九月十九日
大塚さま。炎暑が続き、涼しい秋が待ち遠しい日々が続きますが、お元気でいらっしゃいますか。大塚さんは繊細な方ですから、残暑に苦しんでおられるのではないかと心配で夜も眠れません。くれぐれもお身体をお大事にしてください。そしてパソコンと実験ノートを返してください。守田。

＊

九月二十日
大塚様。一日や二日で炎暑がおさまるわけでもないのですが、いろいろと心配事が重なって、ついつい残暑見舞いを書いてしまいました。お怒りはごもっともと思いますが、しかし、あまり怒りを持続させるのはお身体に悪いと思います。どうか一切を水に流して、パソコンと実験ノートを返してください。宜しくお願い致します。守田。

＊

九月二十二日

お手紙拝読。

森見登美彦氏の行動には愕然《がくぜん》とせざるを得ません。あの人を信用した自分の愚かさを呪います。文通と執筆に忙しくて、とうていそんな暇はないと思っていたのに。あれほど私から指示があるまでは研究室へ持って行かないようにと念をおしていたのに。今さら何が「良心の呵責《かしやく》」でしょうか。ふざけるんじゃない。というわけで最大の敵は味方の中にいたということです。

以下の要求を呑みます。

一、恋文の技術を開発します

二、伊吹さんを元気づける会を開きます

三、伊吹さんに恋文を渡します

ご満足ですか。よくもまあ、他人の繊細かつマシマロ的にやわらかい領域に土足で踏み込めますね。「公の場で恋文を渡すような、痛々しい破廉恥野郎だけには決してなるな。周囲からは軽蔑されるし、第一、勝算がない」という祖父の遺言がある。祖父は正しい。どこに勝算がある。守田一郎が無益な突撃をして自滅するのを高みの見物ですか。そこで呑む酒はうまかろうということですか。

でも、もういい。分かりました。

伊吹さんとの間には、先日とある事件があって、すでに勝算はゼロなのです。恥を忍べばよいだけです。要求を受け容れますから、お許しください。

世界を飛び交う手紙の中で、もっとも歪《ゆが》んだ力を持つ手紙はどんなものかお分かりですか？　恋文と脅迫状であります。大塚さんには相手を脅迫する才能がある。私と手を組んで、恋文代筆業＋脅迫状製造の多角的経営に乗り出しませんか？　世界を我らの手に握ることも可能です。筆一本で世界分割《デマルカシオン》しましょう。

来週には、教授に報告を送らなければなりません。パソコンと実験ノートがないと、どうしたって誤魔化せない。私は追放です。教授の怒りの鉄槌《てっつい》を受けてペシャンコです。そして人類の発展に寄与するデータが闇に葬られることになるでしょう。

どうか宜しくお願い致します。

頓首

恋文初心者・守田一郎

大塚緋沙子さま　足下

＊

九月二十四日

ご無沙汰しております。

朝晩が急に冷え込むようになりましたね。ふと気づけば、もう夏の姿はどこにもない。ただ右往左往しただけの夏が終わった。我が生涯において、五番目に実りの少ない夏でした。むろん私は前向きな男ですから、過去のことは振り返らない。ただ成果を出したいという一心で、慌ただしく追加の実験に励んでいます。しかし成果を出せば京都へ帰らなくてはならぬ。京都へ帰ると、大塚さんが手ぐすね引いて待っている。それを考えると、京都へ帰りたいという気持ちが萎《な》えます。

昨日の能登は秋晴れでした。お休みだったので、私は七尾の町をうろついて、能登食祭市場を見物に行ったり、小丸山《こまるやま》公園でひとり淋しくうなだれたりしていました。大塚さんは本当にパソコンと実験ノートを返してくれるだろうか、それを考えると暗い気持ちになりました。そうすると谷口さんから電話があったのです。「おっぱい神社で会おう」と。「おっぱい神社」とは武甕雷男神《たけみかづちのおのかみ》をまつった海辺にある神社で、臨海実験所のそばにあります。休日に呼び出されるなんて初めてのことだったので、私は鬼軍曹から何か鉄槌が下るのではないかと怯《おび》えながら電車に乗りました。

能登鹿島駅から海辺の道を歩き、稲の実った田んぼを抜けて神社の森へ入ると、谷口さんがマンドリンをぽろぽろと弾いていました。「カモン、チェリーボーイ」と彼は口を歪めて言い、殺風景なお社の蔭からケースに収められたパソコンと実験ノートを取り出し、返してくれました。

「悪かったな」と彼は言いました。「ヒサコ・オオツカには勝てないぜ」

大塚さんと谷口さんが研究室時代から付き合っていると聞いた時には、たいへん驚きました。そんなはずがないと思いました。夜の更けた研究室でひとりぼっちでマンドリンをかき鳴らして裏声で歌い、謎の精力増強ドリンクを飲みまくっては女の口説き方を語るクラゲ研究家が、あのブランド好き残酷人間の大塚緋沙子大王とは結びつかなかったのです。「二人ともへんてこである」という以外に共通点がない、と思っていたら、谷口さんの持っているマンドリンが目に入りました。般若心経が貼ってあった。

すべてはお二人を結びつけることで解決するのです。

研究室の金沢親睦旅行の夜、大塚さんはどこへ消えていたのか。その夜、和倉温泉でなぜ谷口さんは私を置き去りにしたのか。そして和倉温泉で私が見た大塚さんに似た人はだれであったのか。そしてなぜ私が京都へ向かった夜、大塚さんは私の不在を狙い澄ましたかのように実験所に乗り込んできたのか。なぜ大塚さんに再度宣戦布告したとき、手紙が届くか届かないかのうちに私のパソコンと実験ノートが消えたのか。そしてなぜ、谷口さんは一ヶ月近く、私を憐憫の眼差しで眺めつつ実験をきちんとサポートしてくれたのか。

すべての謎が解けました。

大塚さんは私に対する謝罪の言葉を墓場まで持っていくのは確実ですが、谷口さんはおっぱい神社で謝ってくれました。

しかし、なぜ谷口さんはそこまでするのでしょう。

みなさん、なぜそこまで阿呆なのですか。

大塚さんは他人に対する命令は絶対に実行させる人ですから、前回の要求も必ず私に実行させるでしょう。それを考えると気が重い。この半年、私はたくさんの手紙を書いてきましたが、恋文どころか文通の腕自体いっこうに上がりませんでした。私の書く手紙はどちらかというと混乱を生じさせることのほうが多いのです。人を幸せにして自分も幸せになるという境地から、書けば書くほど遠ざかる。恋文なんて夢のまた夢。子どもの頃から、私には恋文に対するコンプレックスがあるのです。そんな私に伊吹さんへの手紙を書けというのは、あまりにも酷だと思うのですが如何。そんなことをして幸せになれるでしょうか。

ああ、みんなで幸せになりたいものです。

もし、それが許されないことならば、せめて自分だけは幸せになりたいものです。

必殺もめ事製造人・守田一郎

大塚緋沙子さま

＊

十月十日

拝啓。

こんにちは。能登にも本格的な秋の風情が漂っております。

先日、小松崎君と一緒に能登鉄道の終点まで探検に出かけたのですが、田んぼの畦道に曼珠沙華《まんじゅしゃげ》が幻のように咲いていました。あれを見るとあの世へ来たような気がしますね。能登鉄道に揺られているうちにふわっとあの世へ行けるのならば楽ちんだ。しかし、これは本心ではありません。大器晩成型の私が早々とこの世におさらばしても何の得もないのです。

小松崎君は谷口さんに連日マシマロ呼ばわりされて罵倒されてます。研究室では大塚さんにマシマロ呼ばわりされ、能登では鬼軍曹にマシマロ呼ばわりされる。「なんてかわいそうなやつ」と思ったけれど、よく考えると自分も同類でした。ともあれ、谷口さんが小松崎君を罵倒するのに忙しいおかげで、私は静かに暮らしています。そのかたわら、ふと窓の外の七尾湾を眺め、大塚さんとの激闘について思いを馳せます。

人から聞いた話ですが、こんな話があります。

かつて一人の中学生がいて、書きためた恋文を送るあてがなくなり、途方に暮れておりました。彼はそれをゴミ箱に捨てることはできませんでした。母親に見つかるからです。また外へ捨てに行くこともできませんでした。誰が拾うか分からないからです。そこで彼は家の裏庭に出て、もてあましていた恋文に火をつけました。行き場を失った恋の炎が、恋文にも火をつけたというわけです。メラメラと上がる炎、立ち上る煙。出せなかった恋文を一通一通火にくべておりましたが、やがて遠くよりけたたましく響くサイレンの音。赤い光。彼の妹が火事と勘違いして、消防車を呼んでしまったのです。騒然となる住宅街にてご近所の注視を浴び、何を燃やしていたのか言うに言えない中学生は恥ずかしさのあまり死ぬところだったそうな。
　今回の死闘と、このお話から何が分かるか。
　教訓を求めるな、ということです。
　教訓を得ることもできない阿呆な話が人生には充ち満ちているということです。
　本日、所長や谷口さんと相談し、来月頭に京都へ帰還することが決定しました。
　手ぐすね引いてお待ちください。
　取り急ぎご連絡迄《まで》。

頓首
守田一郎

私史上最高厄介なお姉様へ

第七話　恋文反面教師・森見登美彦先生へ

八月二十七日

拝啓。森見登美彦様。

あれほど恋いこがれていた京都から、今、守田一郎は去ろうとしています。京都駅近鉄名店街の奥深く、薄暗い喫茶店にむっつり座り、列車の時刻を気にしながら、このお手紙を書いています。

一昨日は味わい深い一夜をありがとうございました。

某所地下のお住まいを訪ね、あの「おっぱい事件」の全貌を聞き、ますます森見さんに対する怒りが込み上げました。それにしても、間宮少年に責任を押しつけようというのは大人げない。いくら彼が研究室を見たがったからといって、もう夜九時をまわっていたはず。「子どもは寝る時間だよ」とかなんとか、森見さんが「大人の配慮」をすべきだった。意気揚々と女性たちを引き連れて大学に乗り込んでくるのがおかしい。だから森見さんが悪い。責任とれ。

説明したとおり、あの「おっぱい上映会」はあくまで小松崎君を迷妄から救い出すためのものです。誤解なきよう願います。

妹からは「お兄ちゃんには絶望しました」とまで言われるようなひどい二泊三日でしたが、研究室の憎むべき先輩のパソコンを手に入れたことは収穫です。これがなければ、今頃、金券ショップで買った青春18きっぷを握りしめ、鉄路を辿《たど》って世界の果てを目指していたことであろう。噂に聞くその遠い地には、実験も、卒業も、就職も、失恋も、谷口さんも、おっぱいもないという。いや、おっぱいはあってもいい。

お預けしたパソコンは、くれぐれも持ち出さないでください。間違っても、研究室へ持って行かないでください。そのパソコンを森見さんがしっかり保管してくださるかぎり、俺は憎むべき相手に一矢報いることができるのです。そうして復讐《ふくしゅう》を遂げた守田一郎は、心機一転、次なる一歩を踏み出せることでしょう。相手が屈服したら、俺からご連絡差し上げますので、そのときには返してあげてください。

列車の時刻が迫ってきました。

森見さんは「書くのが苦しい」とぷうぷう文句を言っておられましたが、あなたのごときちっぽけな存在を誰かが求めてくれるというのは僥倖《ぎょうこう》であると知れ。この俺を見よ！　能登の実験所では、誰一人として、俺を求めていないのです。

そんな孤立無援の境遇にあってもなお、俺は平凡かつ困難な多くの問題を乗り越えなくてはならない。如何にして卒業するか？　如何にして社会に出て食っていくか？　如何にして俺が求める人に求め返してもらうか？　天地開闢《かいびゃく》この方、どれだけの学生がこの問題のために落涙し、四畳半をごろごろ転げ回ったことであろう。

月並みは大嫌いなのに、月並みな問題が乗り越えられない守田一郎です。

しかし、ここに打開策がある——恋文の技術を習得すること！

まあ、俺のプランを聞いてください。

恋文の技術を習得する。彼女を籠絡する。彼女に求められるようになる。生き甲斐ができる。活力が生まれる。就職活動を始める。就職が決まる。なんとしても卒業しなくてはいけないから死ぬ気で頑張る。卒業する。彼女と結婚する。子どもが生まれる。末永く幸せに暮らしましたとさ。

この非の打ち所のない計画は如何？

間違っているというのですか。

一体あなたは、俺のどこが間違っているというのですか。

守田一郎

偏屈作家・森見登美彦氏へ

＊

九月十日
ごきげんよう。守田一郎です。

お返事が遅れまして申し訳ありませんでした。わざわざ俺に確認されるまでもありません。仰るとおり、夏は終わっています。残暑は厳しいですが、朝晩にスウッと窓から入ってくる冷たい風は、もはや夏のものではない。我らの夏は去りつつあります。我々はこうしてまた遅咲きの青春のひと夏を空費したのだ。泣いたってどうにもならん。同情すら買えない涙には何の値打ちもない。

お手紙を拝読しながら思ったのですが、小説の執筆が進まない原因を、さりげなく俺に求めようとしていますね。そんな見え透いた工夫を凝らすのに時間を使ってはいけません。あと、虫歯が痛いのだったら歯医者へ行きなさい。パジャマパーティがしたいならば一人でしろ。だいたいパジャマパーティは男同士でやるものじゃないと思います。男はふんどしパーティです。

以上、どうでもいい話でした。

実際のところ、こんな駄文を書いて気散じをしている場合ではないのです。能登に戻ったら、一矢報いようとしていた大塚緋沙子大王が、俺の不在中にこちらへやって来ていた。卑劣にも俺のパソコンと実験ノートを持ち去ってしまった。よくこんな卑劣なことを思いつくものです。先手を打ってパソコンを奪っておいて正解でした。鬼軍曹谷口さんに情けをかけてもらって、なんとかしのいでいるところです。誠実な交渉を重ねていますが、難航が予想されます。

森見さんのお手元に預けたパソコンは、この交渉の切り札です。くれぐれもご注意ください。決して部屋から持ち出さないように。どこで誰が狙っているか分からない。敵は頭が切れ、理不尽で、ワガママで、高飛車で、しかも美女です。ようするに手強《てごわ》い。油断なりません。

取り急ぎ、ご連絡迄。

交渉人　守田一郎

森見登美彦様

*

九月十五日

拝啓。

能登鹿島駅のホームから海を見ると、まだ夏の生き残っているのが分かります。それなのに俺は悔い多い夏をただ見送るだけ。これでは生殺しです。海に行きたい。誤解しないでくれ、泳ぎたいわけじゃない。ただ俺は一切から逃げ出したいだけなのさ、ベイベー。

森見さんのご忠告はご忠告としてうかがっておきます。たしかに俺がつまらない意地を張るのをやめて、パソコンを返却すればいい。正論です。無益な争いをするぐらいならば、恋文の腕前を磨いた方がよほどマシ。これもまた正論です。

だが、そんな正論に与《くみ》する必要はなくなりました。状況は変わった。

ねばり強い交渉の末、パソコンと実験ノートを我が手に取り戻したのです。これで怖いものはない。相手は「こちらは返したのだから、そちらも返して」と要求しています。だが、甘い。甘すぎる。俺にはまだ他に色々と要求がある。残念ながら、もう少し苦しんでもらわねばならない。

森見さんは正義漢ぶって俺を非難することでしょう。

しかし、おっぱい事件を経た俺に、失う物は何もない。おっぱいが守田一郎を変えたのです。かといって守田一郎は、一切をおっぱいの責任にするような不甲斐ない男ではありません。おっぱいが悪いのではない。おっぱいという存在はつねに善なるものです。おっぱいに敗北した俺が悪いのだ。

俺は世直しに目覚めました。理不尽な仕打ちに対しては、断固として戦います。俺を嘲弄《ちょうろう》し虐げてきた大塚緋沙子大王の奸佞邪知《かんねいじゃち》を打ち砕き、彼女の圧政によって荒廃した研究室に明日の平和の種をまく。苦しむ同輩後輩たちのために我が身を犠牲にして、ひとり悪者の汚名を引き受けよう。所詮《しょせん》、人の世は騙し合いであります。勝てば官軍、負ければ賊軍、騙された方が悪いのです。卑怯者と罵りたければ、罵るがよいのだ。俺のことなど忘れて、森見さんは黒髪の乙女との文通にいそしめばよいでしょう。文通相手に著作権を譲ったりしてはいけませんよ。相手は森見さんの著作権を狙っているのだ。それ以外、森見さんに熱心なファンレターを送りつけてくる理由は思いつかない。

それでは今日はこれにて。パソコンの保管を怠りなく。

草々

悪の権化　守田一郎

森見先生　足下

＊

九月二十日

モリミ様。葉書で失礼します。説得のお手紙ありがとうございます。しかし事態がまた急変しました。宿敵大塚緋沙子の悪知恵は予想を上回るものでした。我がパソコンと実験ノートがふたたび敵に奪われ、交渉が再開されました。漠然と敗色濃厚。相手の神出鬼没ぶりが恐ろしい。戸締まりに注意してください。大塚さんぐらいの大悪人であれば、森見さんの住所をかぎつけて、盗みに来るかもしれない。ご用心ご用心。モリタイチロウ。

＊

九月二十二日
　拝啓。

　森見さん。俺はあなたを尊敬していました。たしかに、あなたの懐の深さ、あるいは何も考えずにポカンとしているところに甘えて、羽目を外しすぎたこともある。言動に敬意の欠けることがあったのは認めます。それでも、あなたは俺を陥れるようなことはしないだろうと信じていました。

　けれども、俺は失望しました。

　あれほど言ったのに、なぜわざわざ研究室へ出向いて、パソコンを返してしまったのですか。そんなに正義漢ぶりたいのですか。俺が許可を出すまで、部屋から持ち出してはいけないとあれほど言ったのに。信じられません。

　大塚緋沙子さんの高笑いが聞こえます。切るべきカードを失った俺は、先ほど彼女に謝罪の手紙を書き、相手の要求をすべて呑むことになりました。どんな要求か、分かりますか。

一、恋文の技術を開発します
二、伊吹さんを元気づける会を開きます
三、伊吹さんに恋文を渡します

なぜこんな命令に従わなくてはいけないのか。

恋文なんて書けない。

この何ヶ月もの間、俺があれほど頼んできたのに、あなたは恋文の技術を出し惜しみした。おかげで恋文の腕前はいっこうに上がらなかった。俺にはそもそも手紙を書く才能さえないのです。文通武者修行と称して手紙を書くたびに、何かしら状況が悪化します。あげく、おっぱい事件では、伊吹さんの目前で「おっぱい万歳」と呟いて、わずかに残っていたかもしれない希望の芽を吹き飛ばしました。このうえ人前で彼女に恋文を渡してどうなる。俺の祖父はこう言い残した。「公の場で恋文を渡すような、痛々しい破廉恥野郎だけには決してなるな。周囲からは軽蔑されるし、第一、勝算がない」と。まったくその通りである。

すべてを失ったはずの俺が、尊厳すら奪われようとしております。

こんなことになったのは、すべて森見さんの責任です。

責任取れ！　もう一声。責任取れ！

崖っぷち男

平成の責任男　森見登美彦様

＊

九月二十九日

拝啓。

お手紙拝読しました。ありがとうございます。恋文の技術を御教授頂けるならば、森見さんを許してあげましょう。能登の実験所に京都から小松崎が送り込まれてきて、少々孤独がいやされました。たしかに、森見さんが日に日に歪んでいく俺のためを思ってくださったことは感謝すべきでしょう。

大塚緋沙子さんはパソコンと実験ノートを返してくれました。驚くなかれ、裏で大塚さんの陰謀に加担していたのは、俺を日々罵倒しながら指導してくれている鬼軍曹でした。同じ般若心経を貼り付けた、おそろいのマンドリンを持っているにもかかわらず、俺は彼らの関係を見抜くことができませんでした。それほど意外だったのです。男女というものは分からない。

今は淡々と実験とデータの整理に明け暮れております。

いつか、この研究所を去る日が来るでしょう。

そして京都へ戻り、さらに精進すれば、俺は大学という箱庭を出て、世の荒波へ堂々と漕ぎ出します。でも漕ぎ出したくない。そもそも荒波に浮かべる船がない。だからといって、こんな海辺の実験所でいつまでも幸せに暮らすわけにはいかない。そもそもこんなところにいては幸せになれません。

「なんとかしなくてはならぬ」を合い言葉に、俺は就職活動に手をつけています。夜更けにエントリーシートなどをいぢくってみたり、自己分析してみたり。眼光鋭く森羅万象を曇りのない眼で見つめ、現実を直視することを恐れない俺は、早くも看過できない事実を発見しました——社会に船出するにあたって、アピールすべきものが何もない。

たしかに膨大な量の無益な手紙を書く力はあります。無益なことにかぎれば悪知恵も働く(大塚さんに敗北したのは大塚さんが悪魔だからです)。長年にわたり、おっぱいに関する思索も重ねてきた。こんな俺でも、一部の男子学生たちからは評価された時代もあったのです。けれども、彼らの評価を糧にして生き抜くには、人生はあまりにも長すぎる。さすがの俺も「おっぱい思想家」として生きていく自信はない。いつの日か俺が愛する人に結婚を申し込むとして、相手のお父さんから「おっぱい思想家に娘はやれん」と言われたら、どうするのです。そんなのは嫌だ。

けれども、それぐらいしか己を生かす道がない。

まことに理不尽。まことにジレンマ。

今や、森見さんだけが頼りです。

恋文代筆のベンチャー企業を作りましょう。森見さんが出資すればいいのだから、心配はいりません。会社に入れてもらえないならば作るまでのことだ。我々が手を組めば怖いものなしです。ともに「青年実業家」になりましょう。

間違っていますか？　間違ってますな（先手を打っておきます）。

おっぱい思想家（著作準備中）

「恋文本舗」代表取締役　森見登美彦様

＊

十月五日
拝啓。
冗談でなく、秋です。
先日、将来のことについて思い悩みながら能登の海辺で泣き濡れていたら、土手に曼珠沙華が咲いているのを見つけました。あの世の景色のようでした。怖くなって逃げた。まだ人生の旨みを味わっていないのに、あの世へ連れて行かれてはかなわない。あの世におっぱいはあるのか、ないのか。それが問題だ。……こんなことばかり言っているから、駄目なんだ。俺の馬鹿野郎！　俺の馬鹿野郎！

何はともあれ、『夜は短し歩けよ乙女』完結、おめでとうございます。

先日、京都のお宅をお訪ねしたとき、色々と知恵を出した甲斐がありましたね。本が出たあかつきには、お祝いをしましょう。お礼は現金でかまいませんよ。

「恋文代筆のベンチャー企業」は、仰るとおり「敵前逃亡」であります。「妄想に逃げるな。現実を見ろ」というのも仰るとおり。でも森見さんに言われると腹が立つのはなぜでしょうか。そんな正論の上にのうのうとあぐらをかいて、人間として恥ずかしくないのですか。寄らば大樹の蔭ですか。「詩人か、高等遊民か、でなければ何にもなりたくない」と、あの想い出の喫茶店でこぼした涙は贋物《にせもの》ですか。

というのは言ってみただけです。

ごめんなさい。

〆切に追われる中、一文にもならないのに恋文についてのお考えを送って頂いたこと、感謝いたします。研究と就職活動の合間に熟読玩味《がんみ》しました。

ご意見は理解しました。

しかし森見さんの「熱い情熱で彼女のハートを鷲摑み」というのは、あまりにも単純ではないですか？　恋文の奥義、ここにあり！　という感じがしないのですが。森見さんに言われるまでもないのです。俺はありったけの情熱を込めて書いている。熱く燃える俺の魂を、渾身の力を込めて手紙にぶつけています。真心が籠もっています。森見さんは、「君は何か姑息な手練手管《てれんてくだ》を使おうとして泥沼にはまっているのだろうけど」と仰いますが、それは邪推です。森見さんは腹が黒いから、そんな想像をする。俺の魂は洗い立ての便器のように清らかですよ。

それでもうまくいかないのです。

彼女に何通も手紙を書きましたが、つねに投函を諦めることになりました。

読み返してみると恥ずかしくてならず、「俺は何を書いているんだろう」という気になるのです。情熱はしたたり落ちるほどある。文章も我ながらうまいような気がする。分かりやすく、そして熱い。自分の書いた手紙にもらい泣きしようと思えば可能である。なんと美しい手紙だと思ったりもする。しかし根本的な難点が一つある。書いているうちにへんてこになるのです。なぜだか分かりませんが、清い心で書いているように見えないのです。

どうしてこういうことになるのでしょうか。

俺は何を間違っているのでしょう？

思えば子どもの頃から文通は下手の横好きでした。どれぐらい好きだったかというと、小学生の頃に遠い街に住む文通相手を求めて、赤い風船に手紙をつけて飛ばしたことがあるほどです。そういうことを自主的にやる小学生というものが、この世にはいるのです。純粋だった。あの頃の俺は本当に純粋だった。そういう純粋な願いは天に通じるもので、本当に文通相手が見つかったのだから驚きです。美しい文章、美しい筆跡、美しい封筒。あの文通が終わった夏は切なかった。思い出すだけで、あの炎がよみがえってきます。そして消防車のサイレンの音が聞こえてくる。

俺はいつだって失敗するのだ。

迷い人

森見登美彦様

＊

十月十一日

実験ノートとエントリーシートを書く日々です。こんにちは。

こちらは秋の深まる能登で、小松崎君と能登鉄道の終点まで遊びに出かけたり、海の上を飛ぶＵＦＯを見たりして過ごしております。

国立近代美術館、楽しかったようで何より。たまには文化的な生活もいいでしょう？　藤田嗣治の絵を見つめていた伊吹さんの横顔を思い出します。美術展の素晴らしいところは何か分かりますか。彼女の横顔が見られるところですよ。一緒に出掛けたはずの研究室の他の連中のことは、ぜんぶ忘れました。

昨日、来月頭に京都へ帰還することが決定しました。

谷口軍曹の執拗《しつよう》な叱咤激励と精力増強ドリンクのおかげで、この淋しい海辺へ流されてきた当面の目的は果たせたわけです。苦しく淋しい半年でしたが、今は京都へ戻るのが素直に喜べません。恋文を伊吹さんに渡せという大塚さんの命令がある。もちろん、人間としての尊厳を踏みにじるような要求ははねつけてもいいと思う。けれどもそんなことをすれば、大塚大魔王は卒業するまでの残り数ヶ月、死力を尽くして俺を苛《いじ》めるに違いないのです。たぶん俺の命は彼女の卒業までもたないでしょう。

苦しいときの神頼み、宇宙飛行士志望の妹にも「おまえ理想的な恋文をもらったらどうする？」と尋ねてみました。「破り捨てる」という回答を得ました。うちの妹は宇宙的規模あるいは人類的規模の発想しかしないので、心の機微がよく分からないのです。彼女はどうやって幸せになるつもりでしょう。いや、あれで案外、兄に黙って幸せを摑んでいるのかもしれません。でも妹が幸せになるのは許してやる。

妹の結婚式で号泣するのが夢なのです。

　お手紙ありがたく拝読しました。

「清い心で書いているように見えないのは、つまり清い心で書いていないからだ」とは、なんという言いぐさでしょう。傷つきました。一寸の虫にも五分の魂。俺にだって清らかさはある。そもそも雑念を怖れて何が書けるというのですか。純粋培養された心ほどつまらぬものはない。おびただしい雑念に埋め尽くされた土壌からこそ、強い心が、強い愛が育つのであります。ともすればおっぱいのことを考えがちだからといって、俺を非難するのは早計です。でも、相手にこちらの気持ちを伝えようとすると、おかしくなるのはどういうわけか。

　森見さんのご提案通り、冷水で身体を清め、清潔な服に着替え、正座して机に向かってみましたが、書いているうちに情熱が迸り、書き上がる頃には不気味なものができていました。情熱を注ぎ込めば注ぎ込むほど、意中の相手を逢い引き場所から遠くへ追いやるものができるのです。駄目です。もう駄目です。俺には恋文を書く能力がなく、エントリーシートを書く能力もない。

　恋文というのは、意中の人へ差し出すエントリーシートでしょう。就職といい、恋人といい、俺にはエントリーする能力が根本的に欠けているのだと思います。このまま手をこまねいていては、人生にエントリーできなくなる。どこにもエントリーできない俺は、女性にも会社にも求められることなく、詭弁《きべん》踊りを踊りながら中空をふわふわ漂い続けるのです。いつまでも、どこまでも——

それにしても、自分が求める相手に求められるというような虫の良い現象が、本当にこの地球上では起こっているのですか。何かおかしいと思う。私の考えからすれば、そんなに上手な配合がそこかしこで起こるはずがないのです。みんな嘘つきなんだ。

さようなら。

男一匹　守田一郎

Tomio 様

＊

十月十七日

拝啓。尊書拝読。

東京行きお疲れ様でした。京都と東京を頻繁に行き来して、まるで売れっ子気取りですが、それは現実ですか？　東京というのは日本の首都ですよ？　ビルがいっぱい建っていても、四条河原町は東京ではありませんよ？

森見さんは原稿を書き、俺はエントリーシート（恋文含む）を書く。

エントリーシート（恋文含む）というものは、容赦なく己を傷つけるものですね。

あんまり恋文のことばかり考えているので、能登中島駅に展示されている「郵便車」が、俺の書いた恋文を満載して深夜に光り輝きながら京都へ出発するという夢を見ました。そんな恥ずかしい電車は聞いたことがない。

ひたすら彼女を褒め称えろという助言を頂いたので、思いつくかぎり彼女の美点を数え上げ、自分が彼女のどこに惚れてるのか、彼女という存在をばらばらに分解する勢いで書きました。その結果、我が恋文史上、三本の指に入る不気味な恋文が出現。褒めて褒めて褒め倒し、さらに褒めるところを見つけようとして彼女の耳たぶまで褒めたところ、引き返し不能地点が視野に入ってきましたので踏みとどまりました。あのまま書き続けていたら、何かの濃度が高い、たいへん困った人になり果てたところです。

勘違いしないでください。

俺は恋文が書きたいのであって、濃い文が書きたいわけではないのであります。

恋文とは相手に想いを伝えるものである。それはいい。しかし、想いが伝わればよいというわけではないと俺は考えます。伝えるのは、あくまで第一歩にすぎない。その想いが叶えられることに、恋文の真の役割がある。

なんだかいいこと書いたような気がするのですが、気のせいですか？

だいたい、相手を褒めるというのも簡単ではない。むしろ、これは難易度が高い。褒めれば褒めるほど嘘くさくなるから、いっそうムキになって言葉を重ねるうちに、もっと嘘くさくなる。たしかに、ひとたび惚れてしまうと、あらゆるところが良く見える。褒めようと思えば、いくらでも褒められます。でもあれもこれもと褒めていると、褒めれば褒めるほど、なんだか彼女がバラバラになっていく。肝心なものがこぼれ落ちる。彼女の横顔であったり、短い黒髪であったり、えくぼであったり、耳たぶであったり、時折見せる無表情であったり、それらを全部足して彼女に惚れたわけではない。俺は彼女の耳たぶが可愛いから惚れたのではない。惚れた彼女の耳たぶだから、可愛く見えるのであります。

しかしそもそも、いきなり恋文を送りつけられ、耳たぶを褒められても怖いでしょう。俺だって怖い。ヘンタイじゃないかと思う。

森見さんの方法には無理があると思います。

草々
守田一郎

森見登美彦様

＊

十月二十一日

こんにちは。守田です。

研究室を去る日が迫ってきて、いろいろと雑用が立て込んでいます。森見さんから頂いた数々の役に立たないアドバイスのおかげもあり、恋文の技術開発はいっこうに進みません。如何にして彼女のハートを撃ち抜く恋文を書くか。この困難な事業を成し遂げようとする俺の目前に、「おっぱい事件」という比類なく情けない事件の存在が大きく立ちふさがります。あの痛手を補って余りある恋文など、本当に書けるのか。

何度も申し上げているように、俺の心が清らかでないとか、ヘンタイとか、そういうことが問題なのではないと思うのです。だから森見さんのご提案されたような修行をする気はありません。忙しくって、室戸岬《むろとみさき》くんだりまで出掛けているヒマはございません。空海《くうかい》の足跡を辿ってノンキに悟りを開いている場合ではないのです。

森見さんは状況がお分かりですか？

もっと根本的な問題に俺は直面しています。

何遍も何遍も恋文を書いては破き、書いては破いているうちに、俺は文章というものが何なのか分からなくなってきました。「文章を書く」という行為には、たくさんの罠がひそんでいる。俺たちは自分の想いを伝えるために文章を書くというように言われます。だがしかし、そこに現れた文字の並びは、本当に俺の想いなのか？そんなことを、誰がどうやって保証するのか。書いた当人だって保証できるかどうか分からない。自分の書いた文章に騙されているだけかもしれない。じいっと考えては書き考えては書きしていると、不思議でならなくなってくるのです。自分の想いを文章に託しているのか、それとも書いた文章によって想いを捏造しているのか。

そうなると自分が、「恋心」を文章で捏造する行為に夢中になっているだけではないかと思われてくるのです。毎度毎度、気色の悪い手紙を書いてしまうのは、そのためではないのか。森見さんの言うように俺の心が汚れているからではなく、「恋文を書く」という行為そのものが、誤った行為なのではないか。相手に紙に書いた自分の想いを投げつけるという行為そのものが気持ち悪いのではないか。

だとしたら、そもそも恋文とは何なのか。役に立つものなのか、それとも役に立たないものなのか。書くべきものなのか、書くべからざるものなのか。もう、わけが分かりません。守田一郎は泥沼にはまってしまいました。こんなムツカシイ問題は俺の手には負えないのです。

今日はこのへんで切り上げます。
以前から思っていたのですが、やはり森見さんは恋文のことが分かっていない。ひょっとして、恋文を書いたことがないのではありませんか？

恋の泥沼にて　守田一郎

恋文初心者　森見登美彦様

＊

十月二十七日

拝啓。森見さん、お元気そうで何よりと存じます。十一月には河原町通の書店でサイン会をすることになったと書かれておりましたが、そんな風に晴れがましい席は森見さんに似合わないと思います。もっと淋しい想いをして、ひとりぼっちで三角座りをしている森見さんが俺は好きです。

本格的な秋になって、能登の山々も紅葉が始まりました。疲れると実験所からぶらりと外へ出て、紅葉と海を眺めながら、海辺を「おっぱい神社」まで歩きます。こうして七尾湾を眺めるのもあと一週間ほどのことです。

能登を去る支度をすると同時に、伊吹さんを元気づける会の計画も練らなければならない。決まれば森見さんにも招待状をお送りします。伊吹さんは「大日本乙女會」の設立メンバーだから喜ぶに決まってる、というのが俺の単純な計画です。

彼女に書く恋文については、ほぼ諦めました。

己が如何に生きるべきかも分かっていない守田一郎ごときが、筆先でちょちょいと彼女を籠絡しようなどという企てが、ちゃんちゃらおかしいのです。今さら常識的なことを言うのもアレですが、小手先で何とかできる「恋文の技術」は存在しない。かといって自分の想いをぶちまければ、「恋文」としての役割をまっとうできないものができる。どっちにしても駄目です。彼女に想いを伝えようという企みが間違っているのだという結論に達しました。どれだけ自分が彼女に惚れていても、それを伝えようとすると歪むのです。それならば伝えない方がよいでしょう。

だいたい、どれだけ頑張っても、「おっぱい事件」がある。研究室の壁いっぱいに拡大されたおっぱいに向かって、「おっぱい万歳」と言っているところを見られておいて、どこに勝算があろうか。断念すべきです。大塚さんに苛められても耐えてみせる。

今まで認めませんでしたが、森見さんのご指摘通りでした。たしかに俺は「恋文」に現実逃避していたのです。「恋文」「恋文」と言っていたのも、こんな海辺の実験所で、さほど興味もないクラゲなんぞの研究をしている空しさから逃れるため、将来への不安から逃れるためでした。

溺れる者は藁《わら》をも摑むというように、なんでもかんでも頼りにするのはだめだ。自分の惚れた相手を、自分の不安を誤魔化す道具に使ってはいかんのです。溺れている者が、惚れた相手に助けてもらおうというのは間違いだ。溺れている者が書いた手紙だから、俺の恋文は駄目だったのではなかろうか。

秋は深まり、守田一郎の憂愁も深まっております。

今日は金曜日です。この手紙は実験所の休憩室で書いています。

七尾湾がゆっくり暮れていきます。この先、この夕景を見ることも数えるほどしかないと思うと、大した成果も残せなかった半年であったと後悔する。谷口さんが「最後に和倉温泉に泊まるか」と誘ってくれました。「海月《かいげつ》」という宿だそうです。「徹底的に男を磨いて京都へ帰りな、チェリーボーイ」と軍曹は言います。

今さら男を磨いてもなあと思いつつ、和倉温泉に行ってきます。

それではさようなら。

敗北者より

恋文先生へ

＊

十月二十七日（追伸）

拝啓。

こんにちは。返信を待たずにお手紙を書きます。

森見さんにお手紙を書いたあと、俺は谷口さんのオンボロ愛車に乗せてもらって、暗い七尾湾を和倉温泉に向かって走りました。「海月」という宿は、俺がよく通っていた和倉温泉「総湯」の斜め向かい側にあります。海月というのはクラゲのことであり、クラゲ専門家たる谷口さんの愛用の宿たるにふさわしい。

宿の温泉に入り、ゴウジャスな晩飯を喰らい、今度は総湯に入ったあと、部屋で二人差し向かいの酒盛りを始めました。窓からは高々と聳《そび》える加賀屋が見えていました。あの最上階に転がり込んだのは七月末のことですが、そのときは「おっぱいを讃える歌」を谷口さんが歌ったりしてうさんくさいおっさん連と大騒ぎするだけで、とても話ができる状況ではなかった。

だから谷口さんとしみじみ語り合ったのは、その夜が初めてでした。

色々な話をしました。

マンドリン四天王の話。大塚緋沙子さんと出会ったこと。大塚さんと食べた猫ラーメンの味。あの怪しげな精力増強剤は大塚さんの実家に伝わる秘伝のドリンクであるということ。かつて、俺のように単身この能登鹿島臨海実験所に送り込まれた谷口さんがいかに戦ったのか。いろいろと面白い話を聞きました。あんなに谷口さんが喋るのは初めてでした。

彼はとにかくものすごい勢いで麦酒を飲んだ。麦酒の次にはウイスキーを飲む。後で聞いたのですが、大塚さんとの一件があったので、悩んでいたのかもしれない。俺も頑張る。そうすると二人ともべろべろになる。

「実験所から出て行け、二度と戻ってくるんじゃねえよ。目糞《めくそ》鼻糞虫め!」谷口さんがそんなことを喚いていました。俺は何か言い返した気がする。そうすると谷口さんはますます怒って、「おまえはこんなところにいても駄目だぜ」。

そこからの言い合いは省略しますが、ともかく、人生について、女性について、いろいろと喋った。意見の対立もあった。酔っぱらっているから意味のない食い違いもあった。しまいに谷口さんは例によって「俺の屍を越えていけ」と言いながら俺を屍にしようとした。あまりの騒ぎに宿の人が駆け込んできて、大目玉を喰らいました。

それで寝ることにしたのですが、布団に横になった谷口さんが「おっぱい、ばんざーい」と呟いたのです。なにゆえ谷口さんが俺の生涯最大の汚点「おっぱい事件」のことを知っているのか！　と俺は憤りました。

「研究室で起こったことがヒサコ・オオツカの耳に入らないとでも思ってるのか。そりゃ甘いぜ」と谷口さんは笑いました。「あいつは地獄耳なんだ」

「ああ！」

「でも諦める必要はないんじゃないか。あの子はそんなにヤワじゃない」

「なんで谷口さんが分かるんですか」

「ってヒサコが言った。だからたぶん、そうなのさ」

「疑わしいなあ」

「まあ諦めるなよ。明日は恋路海岸に連れて行ってやるさ」

「なんです、それ？」

「能登半島の東の端にある。名前がこの上なくラブリーだろ。恋愛成就の鐘があるから、遠慮なく鳴らすがいいぜ」

「そんな恥ずかしいことが俺にできるとでも？」

「おっぱい虫が今さら格好つけてもしょうがねえ」

「おっぱい虫ではない」

「恥ずかしい鐘を鳴らせ、守田一郎。そして俺の屍を越えていけ」

「谷口さんは屍じゃないでしょう」

「俺は屍さ。ヒサコとも別れるかもしれんしな」

「え？」

「ヒサコも就職して遠くへ行くだろ？　そうなるとちょっとたいへんだぜ」

「結婚されるのかと思ってました」

「いろいろあってこじれちゃったんだぜ、ベイベー」

俺はもっと事情を聞こうとしたのですが、谷口さんはもうぐにゃぐにゃです。そして宿の天井に向かって「おっぱいばんざーい」「おっぱいばんざーい」と言いました。酔っているとはいえ、そんなことを呟く三十路《みそじ》の男を眺めながら、俺は「ああ、この人はやっぱり阿呆なんだ」と思ったものです。

そのとき、天啓があったのです。

おっぱいも恋心も、秘すれば花。

そうなのだ。剥き出しの恋心を書き、書いたものにとらわれて、自分の情念に溺れるから恋文が腐臭を放つのです。つまり、俺が書くべき恋文、真に有効な恋文とは、恋文に見えない恋文ではないのか。俺はようやく発見しました。

嬉しくなって谷口さんの額を叩《たた》いたけど、彼は意識朦朧《もうろう》としていたので反撃されませんでした。一人で「海月」の温泉に入り直したあと、俺は机に向い、このお手紙を書いています。谷口さんはごうごうと大鼾《おおいびき》をかいて眠っています。谷口さんはいい人です。

そういうわけで、守田一郎、いったんは断念しましたが、やっぱり最後にもう一度恋文を書こうと思います。我ながらしぶとい。しかし、しぶといのは偉いのです。言うではありませんか。

真の名誉とは決して倒れないことではない。倒れるたびに起き上がることだ、と。

和倉温泉「海月」にて　守田一郎

恋文反面教師・森見登美彦先生へ

第八話　我が心やさしき妹へ

四月二十九日
　拝啓。兄である。

　父さんと母さんは元気だろうか。兄は能登の海辺でひとり雄々しく困難な研究に立ち向かい、人類の進歩と調和に日々貢献していると伝えてくれ。

　下鴨の家を去るとき、おまえは兄が能登半島へ島流しになったのではないかと詮索していたけれども、端的に言って誤りである。「守田君はたいへん優秀だ。だから能登半島でクラゲ研究の新地平を切り開いてきてくれ」と教授に懇願されたのだ。獅子《しし》は我が子を千尋の谷へ突き落とすという、あれだ。「君ならできる」と教授は言った。兄が双肩に担った責任は重いよ。

　能登鹿島臨海実験所にはクラゲのエキスパート、谷口さんがいる。革のジャンパーを着たりして、昔の刑事ドラマで刑事に追われている犯人みたいな風貌だが、真のプロフェッショナルである。惰弱な人間に対して容赦ない谷口さんは「鬼軍曹」と恐れられているが、兄のことはたいへん高く評価してくれている。先日などは二人で夜を徹して議論をして、画期的なアイデアがいくつも生まれた。ひょっとして彼がノーベル賞をとったら、兄も授賞式に見物に行けるかもしれない。それぐらいである。大したもんだよ。

能登鹿島駅には桜のトンネルがあるので、四月の上旬には毎朝満開の桜を見ていた。七尾湾はたいへんおだやかである。母さんは兄がまるで世界の果てに行くかのように心配していたが、ここはそんなに淋しいところではない。七尾のアパートも快適だ。近所にＡＳＴＹとか、ヤマダ電機があるので買い物には不自由しない。

桜の時季も終わって、駅の向こうの森や能登島の緑がむくむくと膨らんでる。元気が出る。兄も負けていられない。ぐんぐん伸びる。ぐんぐん伸びて宇宙へ届きそうだ。

宇宙的規模の兄を持ったことを誇りに思い、おまえも刻苦勉励して、有意義な時間を過ごすように。大学受験まであと一年だ。「ウルトラマンタロウ」を見るのもほどほどに。「地球を守る仕事」も立派だが、とりあえず現在の成績を守れ。

なんでワザワザ手紙なんか書くんだ、とおまえは言うかもしれない。

しかし、これこそ兄の気遣いだと知れ。

兄と妹とはいえ、面と向かえば言いにくいこともあるだろう。頼りがいのある兄に相談したいけれども、どうしても口に出せないとか、ね、おまえも花の女子高生だ、そういうのが色々とあるでしょ？　あってしかるべき。だから何でも相談しなさい。京都市左京区で発生する悩みごとの半分は、守田一郎が解決したと言われたこともある伝説のトラブルバスター。今だって現役だ。研究室にいる友人の恋の悩みに答えて、的確なアドバイスを次々と繰り出している。
それでは、返信お待ちしてます。

草々
兄

我が悩み多き妹へ
追伸
今日駅向こうの商店街を散歩して、「みのわ書店」の知的なご主人と知り合った。名画のビデオがたくさんあってタダで貸してくれるらしい。悪いけど、物置に使ってないビデオデッキがあると思うので送ってくれ。頼む。

＊

五月二十一日
こんにちは。兄です。
お手紙ありがとう。五月の頭にビデオデッキと母さんから缶詰・レトルト等の詰め合わせが届いた。おまえからの手紙がなかったので「淋しいことよのう」と思っていたら、今日になってようやく届いた。「私だって忙しくて、手紙を書いてる暇ないんですけど」とあったので反省。すまぬ。しかし「悩みが多いのは兄さんでしょ」は失敬だ。兄には悩みなんかございません。

能登は田植えも終わって、新緑も真っ盛りである。すがすがしい。今日はぶらぶらと七尾の町を散歩して、みのわ書店のおじいさんとクラゲや城跡などについて語り合い、それから駅前のフレッシュネスバーガーで昼ご飯を食べた。そのまま、手紙を書いている。充実した休日である。

先週末は和倉温泉に行ってきた。温泉というものはいいね。温泉と天狗ハムが兄の生き甲斐である。天狗ハムを送るのでお母さんたちと食べてください。父さんが自伝を書き始めたというのには驚いた。今も快調に進んでいるだろうか。これで謎に包まれていた父さん母さんのなれそめが明らかになるかも。

兄はこのところ、規則正しく起床し、能登鉄道に乗り込んで臨海実験所に通っている。かなり忙しくて京都のことを考える暇はあまりないのだが、しかし京都からは絶えず連絡がくる。前回の手紙でも書いたように、小松崎という友人の恋の悩みにこたえたりしている。研究室の大塚さんという先輩も淋しいらしく、兄にしきりに手紙を寄こす。困ったものである。

「兄さんは手紙になると人格変わるね」とおまえは指摘するが、そういうわけではないよ。兄が実家でぼんやりして屁をしたりしているのは、家族を安心させるために「のんきな兄さん」を巧みに演じているにすぎない。それが見抜けないようでは、おまえはまだまだ、だね。兄はたいへんシビアな現実主義者で、妄想したりボンヤリすることなんか片時もない。研究室で教授や先輩たちと議論を戦わす姿を見せたいぐらいである。しかし、家の外のことは家に持ちこまないというのが兄の方針であり、これは近々嫁さんをもらっても貫くつもりだ。兄は嫁さんを大事にする男だ。兄の見るところ、父さんも同じ方針であるはずだ。聞いてごらん。

この手紙の中の兄が本当の兄なのだと思いなさい。

そして尊敬しろ。そうすれば報われる。

あいにく兄は『ツァラトゥストラかく語りき』を読んだことがない。だからおまえの相談にはこたえることができない。しかし、高校三年の今をわざわざ選んで、ニーチェを読むことはないのでは？　できれば、もうちょっと幸せになれそうな本を読んで欲しいし、もう少し可愛げのある質問をして欲しい。たとえば、たいへん気になる男性がいるんだけど、男の人ってふだんどんなことを考えているのかしらん？　とか。そういうやつである。そういう相談なら、少しは有意義な意見を述べることができるであろう。

だからもっとやわらかい相談をしてください。

ちなみに、男はふだんどんなことを考えているかというと、ろくなことを考えていない。道行く男の四割は阿呆、さらに四割は役立たず、残る二割は変態である。背中を見せるな。甘い顔をするな。油断すれば刺されると思え。用心を怠りなく。

温泉仙人

守田薫《かおる》様

＊

六月二十三日

拝啓。

お手紙ありがとう。

こちらも梅雨である。能登の空は京都にくらべて低く感じる。昨日能登鉄道に乗っていたら、晴れ間がのぞいて七尾湾に大きな虹が出たり消えたりした。能登の天気は不思議である。

実験所の窓から七尾湾に降り注ぐ雨を眺めていると、小さい頃、雨の日にはおまえといっしょにゲームをしてやったことを思い出す。

まことに立派な兄であった。感謝せよ。

兄は「ニーチェを読むな」とは言わない。そう論理的にばりばり反論されると困ってしまう。おまえの信じる道をいけばいいけど、己を磨きすぎて引き返せなくなった人もいるということを忘れずに。男にせよ女にせよ、ちょっとぐらいスキが見えたほうがいいのである。そこに愛嬌が生まれる。兄を見ろ。ちゃんとスキを見せるべきところでは見せてる。隠しても隠しても愛嬌が溢れてくる。おかげで大学でも、この研究所でも、兄は自然と人の輪の中心に立つ。そういうものだ。そして「スキあり」と見て、つけこんできた男がいれば完膚無きまでに叩きのめせ。情けをかけるな。

父さんの自伝、執筆快調とのこと。父さんが若い頃、某国のスパイだった過去を暴露する本だったりしたらどうしよう。ベストセラーになるぞ。それにしても父さんはなぜそんなに頻繁に家族会議を開きたがるのだ。会議は会社でたくさんじゃないのか。兄の研究室の教授などは、会議から逃げたい一心で窓から転げ落ちたことがある。

それから、母さんには来る必要はないと伝えてくれ。兄は一人でちゃんとやってる。流し台の三角コーナーの生ゴミもきちんと捨ててる。大丈夫である。

それにしても、おまえが森見登美彦氏の本を読み始めるとは。兄は森見さんとは学部生時代に同じクラブに所属していたし、今も文通している。ここだけの話、森見さんが書く小説についてはいろいろ兄がアドバイスしているのである。あの人は京都のことしか書かないから面白くない。自分の半径一キロより外のことは書けない。興味がないのだ。ゆくゆくは自家中毒で破滅するだろう。

用心しろ。森見さんは悪人である。人畜無害なふりをして、言葉巧みに読者の乙女をたぶらかし、日本全土を股に掛けた恋の火遊びに耽っている。おかげで〆切にも間に合わないのである。だから、あんな人物の本を読むのは、あんまりおすすめできない。

説教ばかりだと愛嬌のない手紙になるので、能登島水族館で撮ったイルカの写真を同封します。兄はときどき気分転換に水族館に出かけて、イルカと語り合う。イルカは美しい。イルカには宇宙的な愛嬌がある。

今日のポイントは「愛嬌」です。女は愛嬌、男も愛嬌。

それではさらばだ。

草々
愛嬌溢れる兄

愛嬌の足りない妹へ

追伸
新京極《しんきょうごく》で買った達磨、拝受した。卒業できたあかつきには目を描き入れよう。
おまえ、自分の分はちゃんと買ったか？

＊

七月三日

拝啓。

兄への手紙の表に「督促状」と書くのはやめておくれ。何事かと思った。兄にはまったく記憶はない。楽しくおまえとゲームをして退屈な雨をやりすごそうと思っただけで、小学生の妹からお金をまきあげようなんて魂胆はなかった。はずだ。そのはずなんだ。そう思うんだけど記憶がない。

おまえはめちゃくちゃ頭が切れるくせに、どうもだらしないところがある。「高等遊民になりてえ」とか言っていたらダメである。第一、「高等遊民」には簡単にはなれない。父さんの自伝がベストセラーになればべつだが、あんまり期待するな。どう考えても父さんに「某国のスパイ」とか、売れ筋の過去があるとは思えない。

かつて兄が森見さんといっしょに活躍していた頃の話だ。森見さんは喫茶店で将来について無益な議論を展開し、「詩人か、高等遊民か、でなければ何にもなりたくない」と呻《うめ》いていた。そういう人である。そして、そういう人では、これからの日本はだめだ。

兄はきわめて前向きであり現実主義的人間であるから、そんなぐうたらな根性ではいかんと信ずるものである。早く世の中に出てバリバリと活躍したい。世界が兄の登場を待っている。どんとこい。そうとも。だからおまえも「高等遊民になりてえ」とかふてぶてしいことを言っていないで、リアルに活躍しようぜ。

もっとも、人生というのは分からない。大学時代に「この人はすごい仕事をするだろう」と思われていても、世に出ると折れてしまう人もいる。油断してはいけないということだ。反対に、「この人はこの先どうなるんだろうか」と思われていた人が、なぜか活路を見いだしていることがある。謎だ。

先日書いた小松崎君からは恋の相談が持ちかけられる。大塚さんからも手紙が来る。そして森見さんはファンレターへの返事の書き方を相談してくる。家庭教師をしていた間宮さんのところの坊ちゃんも手紙をくれる。みんな兄を頼ってくるのである。

しかし、このところ実験が忙しくて、やや疲労が蓄積している。今はたいへん重要なプロジェクトにかかわっており、寝る暇もないというありさまである。教授の期待が大きいからだ。卒業はすでに問題ではなく、人類の進歩と調和が兄の双肩にかかっている。しかしあまりにも責任が重いので、駅に止まる特急サンダーバードを見かけたりすると、思わずそのまま京都に帰りたくなったりする。

いや、弱音は吐くまい。
おまえも受験勉強、頑張ってください。

草々
兄

薫様

＊

七月二十八日
こんにちは。兄である。暑くなってきたなあ。
いよいよ夏休みに入って、受験勉強で追い詰められているだろうな！　と思っていたら、うちの大学を見学に行ったりしているので、おまえの器の大きさにたまげた。宇宙的規模の妹をもって兄は誇りに思っている。
兄の研究室も訪れたらしいが、研究室にまで乗り込んでくるクソ度胸のある女子高生はそんなにいないから、教授に歓迎されるのも無理はない。ちなみに、小松崎や大塚緋沙子が兄のことをいろいろ吹き込んだかもしれないが、みなさん冗談好きなので真に受けないように。三枝さんと森見登美彦談義で盛り上がれたのもなにより。

いつの間にそんな眼力を身につけたのか知らないが、たしかにおまえの指摘通り、三枝さんはあのマシマロ野郎（＝小松崎君）と付き合っている。それもつい先日、付き合い始めのほやほやである。すべては兄の的確な恋のアドバイスのたまものであると小松崎も感謝していた。しかし頼むから、兄の親友を「マシマロ野郎」と呼ぶな。

大塚さんはあいかわらず小松崎をいじめていたか？

悪い男がいたら、全員で踏みつぶしてやればいい。しかし、ただ不器用なだけの男を誤解して必要以上にいじめてはいけない。本質を見抜くことである。

ただ注意すべきは、たとえ本質を見抜いても、あからさまにそれを突いてはいけない。世の中でもっとも危険な行為は本質を突くことだ。しばしば本質を突くのがおまえの悪いところだ。それでは幸せになれんよ。本質を見すえると生きていけない。本質を見失えば生きている意味がない。いいこと言った！

ところで、なんで著作権の本なんか読んでいるの？　この春はニーチェを読んでいたし、おまえの知的好奇心というものの全貌が摑めん。兄も詳しいことは分からないけれど、たぶんクリスマスプレゼントに著作権を譲ることも可能ではないだろうか。兄も森見さんの著作権を狙っているから、詳しいことが分かったらまた教えてくれ。二人で協力して、森見さんの著作権を奪おうぜ。

兄の生活については心配ご無用である。

眩しい夏の陽射しに輝く海を前にしながら、海水浴などにうつつをぬかすこともなく、ひたすら研究に取り組んでいる。寝る暇もない。しかし睡眠ならば学部生時代にいやというほど取った。あと二年は不眠不休で働ける。

おまえは何を心配しているのであろう。なにゆえ兄が実験データを捏造しなくてはいけないのだ。わざわざそんなことをしなくても、じゅうぶんに成果は上がっている。インドへ逃げたりもしないし、インド象の尻を撫でてみたいとも思わない。どこからそんな想像が湧いたのか疑問である。現実逃避は兄のもっとも嫌悪するところである。今そこにある課題から目をそらすな。「逃げると危険が二倍になる」とウィンストン・チャーチルも言っているのである。チャーチルってご存じ?

妹の勘というのも、あてにならんもんだね。

兄の心配よりも自分の受験のことを心配してください。この夏休みは大事です。予備校の授業、あんまり馬鹿にせずに真面目に受けるといいと思う。ただし、隣に座った知らない男には用心しろ。世の中の男というものの四割は(以下、繰り返し)。

それでは失敬。

科学界のホープ・兄

受験界のホープへ

＊

八月十二日

ややあ。兄である。

めずらしく早く返事が来たので驚いた。市営プールで突き落としたこと、まだ根に持っているのか。何年前の話であろう。あれにはちゃんとした理由がある。獅子は我が子を千尋の谷に突き落とすっていうだろう？　兄は妹を市営プールに突き落とすものなのである。そして鼻水ずるずるになった妹を助け上げ、口をきいてもらえなくなり、チョコミントアイスを奢って御機嫌を取る。これは古式ゆかしい伝統行事である。チョコミントアイスはちゃんと奢ったはず。忘れてもらっては困る。

こちらは夏真っ盛り、やはり海辺の夏は京都とはちがう。

研究に疲れると実験所から出て、海辺の道をぶらぶら歩き、海を見ながらカルピスを飲む。聞こえるのは海鳥の声と潮風の音、そして海のそばにこんもりと茂った鎮守の森から染み出す蟬の声だ。日中は暑いが、夜になると涼しい風が吹く。

そういえば先月の終わりには、谷口さんと和倉温泉に出かけたあと、夜を徹して語り合った。研究のことだけでなく、人生のこと、地球の未来のこと、あくまで建設的な議論だ。尊敬すべき人がいるというのは良いことである。おまえも尊敬すべき人を見つけなさい。おまえのすぐ身近に尊敬すべき人がいるけれども、兄は謙虚だから、敢えてこれ以上は何も言うまい。

父さんと母さんは兄のことを心配しすぎである。そして父さんは家族会議を開きすぎである。兄のいないところで兄の将来について「家族会議」を開くのはやめてくれ。そんなところで活発な議論を交わさないでくれ。心配することはないと父さんと母さんに伝えて欲しい。兄は立派に頭角を現しているし、そろそろ就職活動も始めたし、毎朝早起きもしていると。父さんは自伝の執筆に邁進《まいしん》してください。それから母さんは太極拳教室にきちんと通ってください。

夏の朝というのは早起きするにかぎるな。

このところ兄は健康のために毎朝六時前に起きて、山を歩いているのだ。良い習慣を早く身につけることは大切である。阿呆な友人に朝どうしても起きることができなくて「起床術」の研究に四年間を棒に振った男がいたけれども、兄に言わせれば最良の起床術は習慣と確固たる意志によってのみ可能になる。朝はたいへんすがすがしく、頭がよく働く。だからおまえも朝早く起きて散歩してみたまえ。夏の朝を惰眠で潰すのはもったいないことである。

早起きは三文の得。今回の教訓はこれである。

盆には帰らないけど、今月のどこかの週末に帰るかもしれない。おまえも森見登美彦読者の集いとか、益のない多角的活動はやめて、勉強がんばってくだされ。

それではまた。

兄

薫様

＊

八月二十七日
拝啓。
無事、能登に戻ってきたところだ。久しぶりに京都に帰ったが、おまえに「お兄ちゃんには絶望しました」としか言われず、じつに無念である。しかしやむを得ん。まさか「大日本乙女會」が森見登美彦読者の女性の集いとは思わなかった。まさか伊吹さんと三枝さんとおまえがメンバーとは思わなかった。そしてあの夜、まさかおまえと伊吹さんたちが研究室にやってくるとは。
おまえは兄には絶望しただろうが、しかしあれは兄の一面でしかない。自ら進ん

であいう阿呆なことに荷担したことは認めるが、小松崎のためであったというこ
とも兄の名誉のために付け加えておきたい。ならばなぜ小松崎のためにあんなこと
をしたのか、という理由については、もうおまえはぜったいに兄を論破して阿呆呼
ばわりするのが目に見えているからここには書かない。
ただ、兄は後悔していない。兄にもたまには阿呆に徹する権利がある。
毅然とした態度で批判を受け容れよう。
だから、お願いだから兄を尊敬してください。
それと、家族会議に掛けるな。父さんを喜ばせるな。

頓首
兄

守田薫様

*

九月二十五日
兄だ。夏も終わりであるなあと思う。
返事がおそくなって申し訳ない。ちょっとした実験上のいざこざがあり、多忙だっ

たのだ。今では解決したので心配する必要はない。いよいよ研究も大詰めを迎えたので、もうしばらくすれば京都に帰ることになるだろう。

おまえは心配しているけれど、兄は何も人生に行き詰まって「おっぱい事件」を起こしたわけではない。兄にだって夢も希望もある。じつは恋人だっている。でも父さんや母さんやおまえがあれこれ詮索するのがうるさいので秘密にしているだけである。兄が幸せかどうか、そういうことは心配しなくてよろしい。孤独に耐えかねて兄が歪んでいくとか、どこでそんな妄想を拾ってきた？　兄は能登半島の実験所で、自由自在な境涯にある。画期的な成果も上げている。前途洋々。

中学の頃の話はしないでくれ。初恋の話はするな。ぜんぶ忘れた。泣いてなんかいなかった。あれは焚《た》き火の煙が目にしみただけの話だ。おまえが消防署に通報したせいでたいへんだったけれども、それもまた良い想い出。兄はあの出来事によって、投函できなかった手紙を迂闊《うかつ》に焼いてはいけないと学んだのである。

それにしても、そんなに心配してくれるならば、先週末に羽咋に来たときになぜ兄に一言声をかけてくれないのか。六月にも研究室の人たちが金沢まで遊びに来たのに臨海実験所まで来ないで帰っちゃったのだが、なぜおまえもそんなに怠惰なのか。兄はここにいる！　ここにいるよ！

宇宙科学博物館は楽しかったようでなにより。兄も羽咋にはＵＦＯを探しにいったが見つからなかった。てっきり冗談で言っているのかと思っていたら、本当に宇宙飛行士を目指すつもりらしいな。そういえばおまえは子どもの頃から、高いところへのぼるのが好きだった。宇宙進出する妹をもって誇りに思う次第だ。

おたがいにがんばって、宇宙的規模の兄妹となるべし。

打って変わって規模の小さい話だが、今日から小松崎が能登鹿島臨海実験所の一員となる。三週間だけサンプル採集のために滞在するのだ。マシマロマンの修士論文はノーベル賞級の兄のものとちがって、消失の一歩手前にある。小松崎は兄が京都を去るときに駅まで見送りにきてくれた戦友なので、七尾駅まで迎えに行ってやろうと思う。

それでは。

兄

未来の宇宙飛行士へ

＊

十月十五日

妹よ。夏は去ったということがしみじみ感じられるな。

全国模試の成績良好とのこと。しかし油断するな。

先週末は小松崎と一緒に能登鉄道の終点である「穴水《あなみず》」駅までいってきた。能登鹿島駅の無人の駅舎には穴水駅だけに通じる緊急電話があって、毎朝能登鹿島駅でおりるたびに穴水駅はどんなところだろうか、と疑問に思っていたのだ。穴水駅はりっぱで、ちゃんと駅員もいる。しかし秋の町は淋しかった。小松崎と一緒に荒物屋を冷やかしたりしながら、メランコリックな気分を楽しんだよ。秋のメランコリックは紳士のたしなみである。小松崎はこちらにいるあいだ、ずっと三枝さんを恋しがっていた。まったく、なさけないやつである。

　ちなみに、その日、能登鹿島駅のホームで小松崎と一緒に電車を待っていたとき、七尾湾の海の上をまるい謎の物体がすべるようにして飛んでいくのを見た。上空二十メートルほどのところだ。暗くてよく見えなかった。しかし飛び方があきらかに不自然であった。あんな風に滑るように飛ぶ物体があるだろうか。ＵＦＯだと思うのだが、おまえはどう思う？

　ＵＦＯも見たし、実験データも完璧にできて、思い残すことは何もない。

　所長や谷口さんと相談して、来月頭に京都へ戻ることが決定したので、父さんたちに伝えてくれ。帰る頃には父さんの自伝も完成しているだろうから、祝いをすればいいと思う。父さんの自伝の材料が母さんへの恋文だと知って驚嘆した。五百通も書く父さんも父さんだが、ぜんぶ保存している母さんも母さんである。ごちそうさま。「手紙の中には自分の過去がすべてある」という父さんの言葉はなかなかに深いのではなかろうか。しかし父さんが某国のスパイではなかったのが残念だ。ベストセラーは夢か。

ところで手紙のおしまいに書かれていた詩（らしきもの）だけど、これは何だろう。

いたずら小僧で
不器用で
気が小さく
泣き虫で
つよがりばかりの
子どもでした

もう一度書いてみても謎だ。

これは兄のことか？　たしかに子どもの頃の兄は、おまえの目から見ればこんな子どもだったかもしれん。いささか複雑な気分だけれども、成長して器の大きくなった今となっては認めるにやぶさかではないよ。おまえが兄の大事な人に関するなぞなぞだというから、何遍も読み返してみたけれど、これ以上のことは読み取れなかった。

　また分かったら返事書く。

　そろそろ京都へ戻るために研究の後始末をしなくてはいけなくて、また忙しくなってきた。

　それではごきげんよう。

兄

薫様

＊

十月二十日
一筆啓上。当方、あの謎の詩の解読に成功した。イブキナツコ。なぜおまえはそんなメッセージを送るのか。おまえは何を摑んでいる？　兄。

＊

十一月三日

拝啓。

能登鹿島駅の裏手にある森が色づいている。俺が来たときにはこの駅も桜のトンネルだったが、今ではすっかり淋しくなった。

京都に帰るときが迫ってきた。

先週末は谷口さんのオンボロ愛車に乗って能登半島を突っ走り、恋路海岸まで行った。明日は能登島水族館の宇宙的愛嬌をふりまくイルカたちにお別れに行こうと思う。撤退準備は着々と進んでいる。

今日は引っ越しの準備をしたあと、「みのわ書店」まで行った。雨がしとしと降っていて、和蠟燭や布団屋にも人気はなく、商店街は薄暗かった。しかし八十歳を超えるおじいさんはいつもと変わらず、誰もいない書店のレジに座っていた。

俺が「明後日《あさって》、京都に帰ります」と言うと、おじいさんは「それは淋しいですなあ」と上品に微笑んだ。彼は死んだうちの祖父《じい》ちゃんとそっくりである。彼のおかげで、兄は雨に降られたときに観る映画には不自由しなかった。おまえへのおみやげに「アポロ13」のビデオをもらったので、あげる。緊急事態に備えろ。

これで最後になるだろうと思って、七尾駅前のミスタードーナツに寄った。珈琲を飲みながらおまえの手紙をもう一度読み、ひとり淋しく赤面した。そうして、今、ミスタードーナツで返事を書いている。

伊吹夏子さんは同じ研究室の同輩である。

彼女は大学院に進まずに就職して、今は大阪で働いている。連絡は取ってない。

それにしても森見さんが兄の近況について逐一《ちくいち》おまえに報告していたとは。まっまったくよけいなことをする。おまえは、それは森見さんの兄への愛だという。しかしいくら心配だからといって、伊吹さんのことまで、わざわざファンレターの返信に書くことはないだろう。プライバシーの侵害である。

でも、もういいや。兄は諦めた。どこまでおまえにみすかされているのか分からない状況でウソを書くのは難儀だ。宇宙的規模の兄の威厳に傷がついても困る。だから堂々と本当のことを書こう。

おまえが見抜いている通り、そして父さんと母さんが心配している通り、将来については皆目分からんという状況である。研究だって、大したことはしていない。将来を嘱望《しょくぼう》されていないという点では、研究室でトップクラスである。目前の事実から目をそらしてはならぬ。谷口さんも言っていたが、兄はここにいるべき人間ではないのだから、もっとほかで活路を見いだすべきなのである。まだ手遅れではない。ここで逃げてはいかん。ここで逃げると、危険が二倍になる。チャーチル、覚えてますか？

兄は鬼軍曹の谷口さんに見こまれるどころか、「この無知無知野郎」と罵倒されて暮らしていたのだが、結果的にいえば、それはいいことだった。はっきり「おまえはここにいても駄目」と言われたほうが兄にとっては良かったのである。谷口さんには恩を感じる。それに谷口さんは和倉温泉にも連れて行ってくれたし、「ファッションセンターしまむら」にも連れて行ってくれたし、能登半島の東の果てにある恋路という名の海岸までも連れて行ってくれた。いささか精力を増強しすぎで口が悪く犯人顔のところはあるが、根は親切な人なのだった。

この半年、実験所もつらかったが、文通武者修行もたいへんだった。

兄は百通近くの手紙を書いた。父さんは母さんとの結婚生活三十年で五百通だが、兄は半年でその五分の一を書いた。この調子で頑張れば、父さんを超えることができよう。

なぜおまえに手紙を書いたのか。

兄だって、たまには立派な兄を演じてみたくなる。いわゆる「おまえの喜ぶような偉い兄貴になりたくて」というやつだ。どうも尊敬されているような気がしないので、尊敬されるように書いてみようと思ったんだが、無理強いするほど敬意は引っこむということを学んだ。兄はどんな失敗からでも何事かを学ぶ。尊敬しろ。

となると、おまえに書いていた手紙がすべて冗談になってしまうわけだが、誤解しないで欲しい。嘘にまじって本当のことも書いた。どれが本当のことだったのか、それはおまえが自分で判断してくれ。

　こんなことを手紙に書かなくてもいいような気もする。でも、書かなくてもいいようなことを書くのが手紙というようなものの気もする。書いても書かなくてもいいんだ。けっきょくのところ、それが人のつながりというものではないか。なんだかいいこと言ってるような気がするんだけど、妹よ、兄は本当にいいことを言っているか？

　文通に付き合ってくれた皆様には感謝をしている。ご指摘通り、これだけの人が文通にこたえてくれるという点においては、たしかに兄も捨てたものではない。いいところに目をつけた。偉い。おまえはやはり兄の妹だ。偉くないはずがないのである。

　伊吹さんのことについては、少し考えていることがある。兄の沽券《こけん》にかかわるが、ようするにこれは片想いである。おまえは「恋文は効果なし」と判断するが、兄なりに次の一手を考えてみた。ひかえめだが、しかし大いなる一手だ。

　中学生の頃、未投函の恋文を燃やしていて、おまえに消防車を呼ばれたことを思い出す。あのときは本当に、「俺はもう自決するしかない」と思った。父さんに家族会議で「何を燃やしてた」と問いつめられても、まさか「恋文を燃やした」とは言えんし、おまえには泣いているところを見られたたし（煙が目にしみただけだが）。

　今となっては、良い想い出である。

では、兄は能登から京都へ帰る。

我が心やさしき妹へ

兄

第九話　伊吹夏子さんへ　失敗書簡集

失敗書簡（其の一）

四月十四日

拝啓。

桜花爛漫《らんまん》の候となりましたが、いかがお過ごしでしょうか。まだ就職されたばかりで、何かと不安もあろうかと思いますが、心配は御無用です。伊吹さんならばすぐに職場に馴染めるでしょうし、人生の新境地を切り開いていけると信じています。

現在私は京都を遠くはなれ、能登半島の臨海実験所に来ています。先輩諸氏の厳しくも温かい御指導のもと、日々刻苦勉励、机上の妄想にふけるヘナチョコ学生からの脱却をはかっています。

臨海実験所は能登鉄道の「能登鹿島」という駅前にあります。この駅は春になると桜のトンネルを見ることができます。電車を待ちながら満開の桜を眺めていたら、ちょうど一年前、研究室に入ったばかりの頃の新歓を思いだしました。賀茂川レースで小松崎君に大敗を喫し、びしょぬれになって震えていた私に、伊吹さんが渡してくれたタオルのやわらかさを忘れることができません。憶えていますか。やわらかいタオルはもちろんのこと、伊吹さんのお心遣いが有り難かった。賀茂川の土手の桜の下で、あの玉子色のタオルのようにやわらかく微笑む伊吹さんの顔が、私のハートを撃ち抜きました。

あれから一年たち、それぞれ別の道を歩みだした今、ようやく想いを伝える決心がつき、こうして筆をとった次第です。なぜこれまで気持ちをお伝えしなかったかというと、私はまったくヘナチョコ学生で、とても伊吹さんにアピールできるものがなかったのです。

けれども今はちがいます。

私はふぬけた学生根性を叩き直し、社会復帰を果たしつつあります。その証拠に、毎朝五時には起床して山伏の方々と一緒に山へ登ります。危険な岩場を這い上がり、木々の枝から枝へ飛び、山中の道なき道を駆ける。厳しい修行に耐え、魂と筋肉を鍛えるのです。そのうえで、誰よりも早く海辺の実験所へ出かけ、丸一日実験と勉強に励む。おかげで筋肉はむきむきになりましたし、身長は伸びましたし、ますます実験も上手になりました。山中を駆けめぐりながら英語の暗誦《あんしょう》につとめ、国際的コミュニケーション能力もばりばりＯＫです。清らかな魂と筋肉とコミュニケーション力。これら三種の神器が、必ず貴女を幸せにすることでしょう。

いかがでしょうか、このあたりで一つ、私に賭けてみませんか？

私と知り合った人間のうち、なんと95％の人が「守田一郎は将来ビッグになる」と回答しています。アイダホ州立大学のコヒブミー教授（医学博士・哲学博士）の名著『ビッグな男になる方法』によれば、私のような男こそ、二十一世紀の日本社会で指導的地位につく可能性が高いそうです。次は貴女《あなた》が、新生守田一郎の効果を実感する番です。万事私にまかせていただければ。三十代で年収は三千万円を超し、超巨大なプール付きの邸宅に住み、バカンスのたびにリゾート地に出かけて「きなこ餅」を食いまくってお肌もツヤツヤの悠々自適の日々が（中断）

【反省】

前半は我ながら良いデキだと思ったが、後半でうさんくささの匂い立つ文面になってしまった。自分の売りこみに焦るあまり、深夜の通販番組の売り文句を援用したのが誤りであったと思う。こんなみえみえの誇大広告では伊吹さんも辟易《へきえき》し、すぐさま縁を切るだろう。

それにしても、「アイダホ州立大学のコヒブミー教授（医学博士・哲学博士）」とは、いったい何者だろうか。自分でも何のつもりで書いたのか、分からない。どうかしていたらしいぞ。

能ある鷹は爪を隠す。己が美点の押し売りを慎み、謙虚になろう。そうすれば、聡明な伊吹さんは私の奥ゆかしさを評価してくれる。デキる男は自分の才能をひけらかさないものだ。

＊

失敗書簡（其の二）

四月三十日

拝啓。

桜が散って新緑の眩しい季節となってまいりましたが、いかがお過ごしでしょうか。まだ就職されて一ヶ月、何かと不安に思われることもあろうと思いますが、伊吹さんならばすぐに職場に馴染むことができるでしょうし、人生の新境地を切り開いていけると信じています。私なんて、まだまだです。行き場がなくて途方にくれている馬鹿野郎学生にすぎません。伊吹さんに置いてけぼりにされないように頑張らねばと日々精進しております。

現在私は京都を遠くはなれ、能登半島の臨海実験所に来ています。先輩諸氏の厳しくも温かい御指導のもと、日々刻苦勉励、ヘナチョコ学生からの脱却をはかっています。京都にいる小松崎君からの手紙で、先日の花見会に伊吹さんも参加されたと聞きました。さすがに能登半島は遠く、参加できなかったのが残念です。

ここだけの話ですが、あの日以来、小松崎君は研究室の後輩に惚れてしまい、惑乱する日々を送っているそうです。恋心の一つも忍べない彼を手玉にとって、大塚さんが例によって悪だくみをしている。例によって暢気《のんき》なものです。

こうして京都から離れていると、研究室の日々が懐かしく思い起こされます。伊吹さんと試薬を分け合ったのは良い想い出です。私が実験に失敗してロータリーエバポレーターの陰で落ちこんでいるとき、なぐさめてもらったことも懐かしい。伊吹さんは実験がお上手でした。その手際の良さに感服し、自分の要領の悪さを嘆いたものです。本当に、私は何もできない人間であった。怠惰であった。無力であった。

伊吹さんはご立派です。貴女の才能と努力の前には、私なんぞ何の値打ちもない人間です。社会に堂々と船出する勇気も湧かず、学問に志すわけでもない身で大学院へもぐりこんだ根性なしです。大学のお荷物です。こんな腐れゴミ虫が、貴女のような才色兼備の人に手紙を送りつけるのが、そもそも生意気なのだ。私のみっともない文章で大切なパルプ資源が無駄に費やされて、地球温暖化が加速し、株価は下がり、日本の未来は暗くなる。ああ、私はなにゆえ存在しているのだろう。消えてなくなれ。地球と人類への貢献度において道ばたの雑草にさえ引けをとる私のような罪深き生命体が、高貴な光に包まれた貴女様を恋しがっているなんて、とうてい許されることではありません。まったくの身分違い、思い上がりもたいがいにしろ。こうして流れ着いた能登の海辺でひとり淋しく転倒し、高野豆腐の角に頭をぶつけて死ねばいい。もし貴女が道を歩いていて、私が転がっていたら、遠慮なく踏んでいって頂ければと思います。いえ、むしろ踏んで欲しい。ぜひ、踏んでください。ヒールのかかとでムギュッと（中断）

【反省】

前半は健康的に書けたのに、なぜ後半から不健康になったのだろうか。

謙遜しようと努力した。伊吹さんへの恋心も表現しようと努力した。そうすると、なんだか卑屈なヒトになってしまった。いくらなんでも高野豆腐の角に頭をぶつけて死ぬ必要はないと思う。守田一郎は、そこまで無価値な人間ではないはずだ。ないはずだ！

もっと襟《えり》を正そう。大言壮語するのはよくないが、卑屈になってもダメだ。誇り高くあるべきだ。節度ある、折り目正しい文章で書けば、誇り高く見えるのではないかしらん。

＊

失敗書簡（其の三）

五月三十日

拝啓。

平素は御無沙汰に打ち過ぎ申し訳無く候。

伊吹様におかれましては、新社会人として頑張っておられることと存じ候。卒業より二ヶ月を閲《けみ》し、まだまだ不慣れなことも多かるべし、とはいえ将来的には心配御無用。伊吹様は超優秀ゆえ、必ずや華々しく御活躍あるべく、小生は信じおり候。

小生守田一郎、今は能登半島という新天地にて学問に励みおり候。じつに充実したる日々なり。思えば京都にありし日々、小生浅学にして、伊吹様にはお世話になりっぱなしであったりける。かの一年は小生が迷走の一年たり。ぐうたら思想に毒された一年たり。まことに恥じざるべからざることにて、伊吹様にお詫びの言葉もなかりけりで候。

今春、教授の命に従いて能登鹿島臨海実験所に入り、聡明なる諸先輩の薫陶を受けしところ、豁然《かつぜん》として己が旧思想の誤れるを悟り、大いに己を変革せざるべからずと断じたり。その後の守田一郎の急激なる進歩発展は堰《せき》を廃したる急流がごとく、保津川《ほづがわ》の流れに比すべくもあらず。毎朝山に登りて心胆を練り、筋肉もむきむきになりたるゆえ、希代の実験上手とはなったりける。英語も学びて国際的なコミュニケーションもばりばりＯＫなり。気力をたしかにして先《ま》ず一身の独立をはかり、筋肉もむきむきとなることあらば、何ぞ西洋人の力を恐るるに足らん。

人は言う、勁松《けいしょう》は歳寒にあらわれ貞臣は国危にあらわる、と。不況の世に希望の種をまき、混迷する現代日本の活路を切り開くのは誰あろう、守田一郎なり。したがって、万事小生におまかせあれば、必ずや伊吹様をゴウジャスに幸せにすることを約束するものなり。

今も忘れがたきことあり。一年前の春、新入生歓迎観桜の宴席にて、賀茂川レースなるものに参加させられし折、やさしく白き手をのべて、我にぬくぬくのタオルを与えしは君なり。

あのとき、君に惚れ始め、それからずっと惚れており候。惚れて惚れて惚れて、今も君の暮らす方角を見て暮らしおり候。繰り返しますが、きっとあなたを幸せにしてみせますすで候。小生の気持ちを受け入れていただければ幸甚に候。

いずれ拝顔の上、御返事賜りたく存じ候。

匆々頓首

【反省】

駅前の図書館に籠もり、古い本に埋もれて、丸一日を費やして書いたというのに、こりゃどうにもしょうがないぞ。「誇り高く節度ある男」のイメージに肉薄し得たと、書いているときは思ったが、読み返すと、これはたんに時代錯誤なかわいそうなヒトではないか。しかも後半では、我流文語体でも覆いきれない恋心がむきだしになって、それがそこまでのかたさとあいまって、たいへんバランスの悪い感じになっている。気色悪い。

慣れない言葉を無理に使ったのは、失敗であった。伊吹さんは赤の他人ではないのだから、もっと親しみやすい、くだけた文章で書こう。彼女に親しげに話しかけるように書けば、どうだろう。そうすれば血の通った文章になって、彼女はいっそう俺に親しみを持つだろうし、その親しみがただの親しみ以上のものに深化するのは時間の問題だ。そうにちがいない。頑張ろう。

でも、とりあえず寝よう。えせ文語文を書くのは頭が痛くなる。

＊

失敗書簡（其の四）

七月三十一日

やぷー。こんちは。守田一郎だよ。

毎日暑いね。そりゃそうだよね、夏だもの。

もう伊吹さんが卒業してから四ヶ月もたっちゃいました。おどろき！

伊吹さんは新社会人として頑張ってるだろうなって、ココロの中で応援してマス。まだまだ慣れるだけで精一杯かもしれないけど、心配はご無用だと僕は信じているよ。なぜなら伊吹さんはたいへん優秀なんだもの。僕が保証します。

そんなこんなでずいぶん時間がたったけれど、僕はもちろん元気びんびんです。消印から分かったと思うけど、じつは京都からすたこらさっさと逃げちゃったのであります。今は能登半島の臨海実験所で新境地を開拓中、パイオニアこのうえない毎日を送っているのさ。

パイオニアはたいへんです。とても忙しくって、趣味にふける時間もないよ。僕のおませな妹は「高等遊民になりたい」って毎日言うんだけど、僕も同感！　夜遅くまでパイオニアとして頑張っていると、京都の研究室で伊吹さんと一緒に徹夜したことを思いだしちゃいます。卒論が近づいてきたときには、ホント、苦労したよねー。あの頃の良い想い出といえば、伊吹さんと一緒に大塚さんに連れられて、猫ラーメンを食べにいったことぐらい。猫ラーメンはきわめてグッドでした。でしょ？　あれはオイシイ。

ひどいことに、こっちには屋台ラーメンがないんだ。

どーゆーこと？

なんて淋しいところに実験所を作ったもんだろ！　と毎日あきれてます。

ところで、なんで急にこんな手紙を書いたかっていうと、なんとビックリ小松崎君が恋を成就させて、それなら僕も負けてられないと一念発起しちゃったからでーす。次の文章を読んでください。

きすがみきはくぼ。

万一わけわかんないっていう場合は、さかさに読んでみると案外いいかもしんない。

きゃ！

ちょっぴり恥ずかしいけど、思い切って書きました。もしかして、伊吹さんのほうでも「いいかも」とか、思ってくださると、僕としてはウレシイなあ。そして近いうちに二人だけで会えたら、きっと幸せ幸せでココロがほっこりするに決まってる。僕は君を大切にする男だよ！

お返事待ってマス。

ではでは、あでゅー。


【反省】

この恋文の最大の問題点は、読んでいるうちに書いた人間を絞め殺したくなることだと思う。

むかつく。心底むかつく。最後まで書き遂げてしまった自分が許せない。

なぜこんな恋文を書いてしまったのか、自分なりに考えた原因は以下の三点だ。
一、五月から七月にかけて、伊吹さんへの手紙の練習を怠っていたこと。これは、憎むべき大塚緋沙子大王の卑劣きわまる陰謀により、伊吹さんには彼氏がいると思いこんで絶望していたためである。練習しなければ腕は鈍ってしまう。
二、「伊吹さんに彼氏がいる」というのはデマであったことが明らかになり、反動で有頂天になっていたこと。嬉しさのあまり心のタガがゆるみ、文章までゆるんだ。
三、くだけた口調で親しみやすく書くことを心がけるあまり、くだけすぎてただの阿呆となった。この恋文から分かることは、執筆者の脳には桃色の妖精が住みついているということぐらいである。

まずは失われた知性を我が手に取り戻すことが先決だと思う。伊吹さんは頭の良い人だから、こんな桃色脳の持ち主に、自分の人生を預けようという気にはならないだろう。

彼女への恋心を、あくまで知的に表現しよう。

高度情報化社会を生きているのだ。恋文も知的に書くべし。

＊

失敗書簡（其の五）

八月十六日

拝啓。

暑い日が続きますが、いかがお過ごしでしょうか。早いもので、伊吹さんが卒業されてからもうすぐ五ヶ月になろうとしています。もう職場には慣れましたか？

伊吹さんならば、きっと立派な新社会人として御活躍のことと思います。

現在私は京都を遠くはなれ、能登半島の臨海実験所に来ています。先輩諸氏の厳しくも温かい御指導のもと、日々刻苦勉励、充実した毎日を過ごしています。

京都の研究室に残っている小松崎君や大塚さんとは、ときどき連絡をとっていま す。それから、京都在住の作家森見登美彦氏とも文通しています。伊吹さんは彼の 小説がお好きでしたね。伊吹さんが森見登美彦氏のクリスマスイブサイン会を指折 り待っていた姿が目に浮かびます。


あの頃から、私の貴女への思いは、指数関数的に増加していきました。しかし、 私はこの思いを打ち明けることをためらいました。そのような感情的夾雑物《きょうざつぶつ》が日々 の営みに混じることで、我々の知的活動に支障が生じることを恐れたためです。

その代わりに私は研究室という時空を擬リーマン多様体をつかって記述すること を試み、一般相対性理論をパクってくるなど、さまざまな数学的試みを重ねた結果、 フェルマーの最終定理を右斜め後方から証明することに成功したのみならず、我々 の研究室内の特定領域ではロシアの数学者メレギエフが予想した通り、つねに単純 BM構造が成立することを証明したのです。つまりそのきわめて限定された時空に おいては、ユークリッド幾何学《きかがく》の平行線公準が成り立たず、ホフマー螺旋《らせん》は裏返り、 テロパッチョ楕円はハート形となり、二本の平行線は必ず交わり、あばたはえくぼ になり、男女は必ず結ばれる。これをようするに、あなたが好きだ！（中断）

【反省】

彼女への恋心を知的に表現しようとしてみた。

俺は数学にコンプレックスがあるから、数学っぽい表現をもってくれば知的に見えるだろうと思った。でもそういう安易なたくらみのせいでダメになってしまった。知的に書こうとするほど、恋文という目的を逸脱してしまった。そのあげく、なんとか本題に戻そうとして「これをようするに、あなたが好きだ！」と書いたときには、自分というものに絶望した。なんでこうなっちまうのだ。

なんとかすべきだが、どうすればよいのだろう。

＊

失敗書簡（其の六）

八月三十日

拝啓。

残暑の候、いかがお過ごしでしょうか。早いもので、伊吹さんが卒業されてから五ヶ月が過ぎました。もう職場には慣れましたか？　伊吹さんならば、きっと立派な新社会人として御活躍のことと思います。

先日はせっかく京都でお会いできたのに、あんなことになって申し訳ありませんでした。今回お手紙を書くのは、誤解されたままでいたくないからです。私はいつもあんなことをしているわけではありません。ふだんは能登半島の臨海実験所で、おっぱいなどとは何の縁もなく、勤勉に研究を進めています。あの日は久しぶりに京都へ戻り、小松崎君の悩み事を解決するため、あくまで友情から、あいう「おっぱい上映会」を開いたのです。あのとき私は「おっぱい万歳」と呟いていたように誤解されたかもしれませんが、あれは「おっぱい断罪」と言っていたのです。むしろ私はおっぱいを憎んでいると言っても過言ではない。

たしかにこの能登鹿島臨海実験所には谷口さんという怪人がおり、マンドリンを弾きながら「おっぱいを讃える歌」を歌ったりします。大文字の送り火を眺めに出かけても、彼女のおっぱいしか眼中にない知り合いもいます。「おっぱいは世界に光をもたらす。光あれ」と言って威張っている阿呆小説家もおります。

しかし私は、あんなささやかなふくらみによって精神的自由を束縛されることを嫌う自由の闘士。守田死すとも、自由は死せず。人間と人間の「真の交流」におっぱいは無用の長物と主張し、つねにあのふわふわしたものと戦ってきたのです。

だから本当に誤解しないでください。

目前におっぱいがあっても、私はちっとも動じません。それだけ心胆の練れた、誘惑に動じない、清廉潔白な男です。毎朝険しい山を登り、激しい修行に耐え、いくつものこんもりと盛り上がった緑の丘を眺めては、おっぱいを無視する訓練を重ねてきました。たとえ研究室の机のわきにおっぱいが転がっていたとしても、「フン」と呟いてデオキシリボ核酸の抽出を続ける男です。

ですから、どうか私という人間を誤解しないでください。

おっぱいなんてちっとも気にしない。おっぱいなんて大嫌い。おっぱいなんて

（中断）

【反省】

言い訳すればするほど、「おっぱい魔神」としての相貌が浮かび上がるのはなぜだろう。

今回の恋文の問題点は、ただ一点に尽きると思う。おっぱいにこだわりすぎなのだ。

たとえそれが己の重大問題であり、伊吹さんに「方法的おっぱい懐疑」の現場を目撃されたことが痛恨の一撃であったとしても、これだけおっぱいおっぱいと書いた手紙が届いたら、即通報されるだろう。

こんな手紙を書いてしまったのも、すべて小松崎の責任だ。自分のおっぱい問題

に俺を巻き込まないで欲しいと切に思う。

しかし、誤解されたくない。弁明したい。もっと婉曲な表現を心がけてみよう。この手紙を書く前に気づくべきだったが、「おっぱい」という露骨な言葉を、女性への手紙に書く方がどうかしている。どうやら俺は阿呆らしいぞ。

それに、彼女への恋心もむきだしにせず、芸術的に昇華しよう。恋文なのだから、あるていど詩的な側面は必要だと思う。そうすれば彼女は私の意外にロマンティックな一面に、「おや！」と思うかもしれない。意外性は重要だ。

＊

失敗書簡（其の七）
九月三十日
さわやかな秋晴れの日が続きますが、いかがお過ごしでしょうか。早いもので、伊吹さんが卒業されてから半年が過ぎました。もう職場には慣れましたか？　伊吹さんならば、きっと立派な新社会人として御活躍のことと思います。
現在私は京都を遠くはなれ、能登半島の臨海実験所に来ています。先輩諸氏の厳しくも温かい御指導のもと、日々刻苦勉励、充実した毎日を過ごしています。

先日京都でお会いした際は、きちんとお話もできず、残念でした。アレはそういうことではないのです。つまり私としては小松崎君のためにこそ、不本意ながらアレをしたわけで、ひょっとすると伊吹さんは「守田一郎はアレか？」と思っておいでかもしれませんが、私は断じてソレではない。ソレというならば、むしろ小松崎君の方がコレでしょう。たしかに世間一般には男性は基本的にコレだという思いこみがありますし、傍目には私と小松崎君は同じようなソレとして映るかもしれませんが、しかしソレとコレとは話がちがう。くれぐれも誤解なきようにお願いしたいのです。私はアレでもコレでもソレでもない。

弁明はこのあたりで切り上げましょう。

ワタクシの正直な気持ちを表現すべく、詩を書きました。

おお麗しの君よ
ラブリーラブリーこりゃラブリー
地平線にならぶ二つの丘をふわふわと抜けて
やってくるよ君が
ガムシャラに微笑んで
こっちにずいずいと麗しく

ハートは焦げ焦げロケンロール
慌てた私はコケコッコー
おお麗しの君よ
ラブリーラブリーこりゃラブリー

【反省】


今、書いたばかりの手紙に火をつけて、すべてを燃やしてしまいたい衝動に駆られている。

「おっぱい事件」について婉曲に書こうとしたのだけれど、「おっぱい事件」について、「おっぱい」という言葉を使わずに書くのは不可能だ。いっそ弁明しないほうが良いような気がしてきた。

それは、まだいい。

何よりもダメなのは「詩」だ。恋する男がもっとも手を出してはいけないデンジャラスな分野として名高いはずなのに、手を染めてしまった。小松崎の恐るべき失敗（成功？）を見ていたはずなのに。二度と詩なんか書くものか。この詩が公表されたら、俺は社会的に抹殺されるだろう。

ずいぶん頑張ってきたつもりだが、まともな手紙が一通も書けないのはなぜだ。

どうしてだ。分からん。もはや万策尽きた。森見登美彦先生に恋文の技術について教えてもらうのを待とう。

＊

失敗書簡（其の八）

十月十七日

拝啓。

秋気がようやく肌にしむ候、いかがお過ごしでしょうか。早いもので、伊吹さんが卒業されてからもうすぐ七ヶ月になろうとしています。職場には慣れましたか？　伊吹さんならば、きっと立派な新社会人として御活躍のことと思います。

現在私は京都を遠くはなれ、能登鹿島の臨海実験所に来ています。先輩諸氏の厳しくも温かい御指導のもと、日々刻苦勉励、充実した毎日を過ごしてきましたが、十月いっぱいで京都に戻ることになります。研究所での日々は、いろいろな意味で大変でしたが、それでもこういう機会を与えられたのは有り難いことであったと思います。

いざ京都をはなれて勉強してみると、非常に京都が懐かしくなりました。あたりまえのように研究室で過ごし、大塚さんにはさんざんいじめられていましたが、あいう日々もまた貴重なものですね。

先日、森見登美彦先生と手紙のやりとりをしていたとき、国立近代美術館にでも行って少しは文化的生活をすればどうか、とアドバイスしました。昨年、研究室のみんなで岡崎《おかざき》の美術館へ遊びに行ったことを思い出したのです。覚えてますか？　がらんとした美術館の中を、藤田嗣治や長谷川潔《はせがわきよし》の絵を見てまわりました。小松崎君はあの通りの阿呆だし、大塚さんも真剣に絵を見るわけがないからやかましいし、けっきょく真面目に絵を見て歩いていたのは伊吹さんだけでしたね。

私は何を見ていたかというと、伊吹さんを見ておりました。

大きな絵の前に立って、右手で左腕を摑むようにして、息をつめて絵の前に立っている伊吹さんの姿を憶えています。私にとって、それこそがスバラシイ絵でした。伊吹さんは否定するかもしれませんが、伊吹さんはスバラシイ。

たいへんスバラシイ。

こんなにスバラシイ人がいるのかと思いました。研究室でも毎日そう思っていましたが、その美術館での印象が一番強烈です。文句のつけどころがなかった。

貴女の額は広すぎず狭すぎず、じつに手頃な大きさの高機能な脳が入っているのだろうなあと思わせる、完璧な形。目前の藤田嗣治に向けられた目は、真摯《しんし》でありながら温かみを失わない。眉はきれいに整えられているのに、決して人工的に作り上げた感じがしない。絵を眺めているだけなのに哀しげに寄ったりするその眉の動きが、おそろしいまでに繊細かつ華麗。眉ですべてを語ることができる人がいるとすれば、それは貴女です。頬はなめらかで色白だけれど冷たそうではなく、西洋料理店の温められた陶器の印象。肩幅は女性にしては広いけれど、何かの拍子にくるりと身体を回すとき、ふいに弱々しく見えたりするのが魅力的です。背中はいつだってしゃんと伸ばして、それが頭のてっぺんからうなじ、背中へと完璧なラインを形成して、もうそれは神様が腕によりをかけて作って育てたとしか思われん。絵を眺めているとき、微《かす》かにフーッと息を吐く、そのうっとりした仕草にこちらがうっとりする。絵に視線をとどめたまま、身体の重心を右から左へ移し替える、脚と腰の微かな動き。すべての動きが完璧です。さらに言えば、耳たぶまで完璧でした。射しこむ午後の陽に産毛まで見えるように思われました。その産毛の一本一本は完璧な調和をもってならび、ちんまりと静かにしかしそこに厳然として存在する「ザ・耳たぶ」をやわらかく包んで、ああもうそれは夢に出てくる不思議な果物のようで

（中断）

【反省】

森見登美彦先生が「彼女を褒め称えろ」と言うから、褒め称えてみた。

そうすると、恋文がいつの間にか濃い文へと変じ、我が恋文史上三本の指に入る不気味さになってしまった。こんな手紙を読んで逃げない女性がいるものか。俺の阿呆！　そして森見登美彦先生の阿呆！　くたばってしまえ。

俺はたしかに彼女に惹かれているはずだが、彼女の魅力を分析すればするほど、なんだか分からなくなってしまう。際だってくるのは己の気色悪さだけだ。書き損じの恋文から一歩離れて冷静に考えてみると、「耳たぶに惚れたわけではないのに」と思える。

俺が恋文を書くと、変態になるか、阿呆になるか、だ。

我が人生には、それ以外の選択肢はないというのか？

＊

失敗書簡（其の九）
十月二十六日
拝啓。
天高く馬肥ゆるの候、いかがお過ごしでしょうか。時のたつのは早いもので、伊吹さんが大学をあとにしてから、もう七ヶ月がたちます。御無沙汰しております。私は四月からの半年、能登半島の臨海実験所にいましたが、もうあと数日で京都へ帰ります。能登にいる間に、何度も伊吹さんに手紙を書こうとしましたが、投函することができませんでした。そして、今回の手紙も、どうやら投函できそうにありません。

私は貴女に、恋文を書こうとしていました。そのために文通の練習もしてきましたし、森見登美彦先生に教えを乞うたりもしました（これは無駄でした）。そして何度も書いてみたのですが、どれも投函するには値しないものばかりでした。そんなことをして手をこまねいているうちに、例の事件が起こってしまい、見苦しいところを見せてしまいました。

それでも私は書きました。そしてやっぱり挫折《ざせつ》しました。

私はもちろん伊吹さんを恋しく思っているわけですが、それを伝えようとして腕まくりをして机に向かうと、なんだかヘンテコなものができてしまいます。ヘンテコなだけならばまだいいのですが、自分でも気色悪いものができたりもします。その気色悪さを森見さんは「清い心で書いていないからだ」と言いますが、しかし自分がそこまで露骨に清くないか、というと、そうでもないと思うのです。もちろん清くないところはたくさんあるが、清いところだってあるはずだ。でも恋文を書くと、清いところが出てこない。それでは恋文を書く意味がない。

ひょっとして私は「恋文が書けない病」にかかっているのかもしれない。

かつて私はもっと単純に考えていました。男女があり、そのうちの片方が想いを伝えるための伝達の道具が恋文である。したがって、その伝達の技術を洗練させれば万事解決である、と。それができる人間もいるでしょうが、私にはできません。机に向かって、一人で力こぶを入れていると、どんどん力がヘンテコな方向へそれていく。

なぜそうなるのか分かりません。

しかしもう、本当に万策が尽きてしまった。

そういうわけで私は恋文を書くことを諦めます。

この手紙も投函するに値しない手紙だと思います。


【反省】

現在、十月二十七日の深夜二時である。谷口さんと一緒に和倉温泉に来て、「海月」という宿に泊まっている。谷口さんはさんざん酔っぱらって、寝てしまった。彼の鼾《いびき》を聞きながら、昨日書いた手紙を読み直してみた。これは俺が思うに、これまでで一番まともな手紙である。やはり俺の仮説は正しいのではないだろうか。

これまでの失敗書簡をすべて読み返してみた。
最後にもう一度だけ恋文に挑むとすれば、どう書けばよいか。
ここに教訓を記す。

一、大言壮語しないこと。
一、卑屈にならぬこと。
一、かたくならないこと。
一、阿呆を暴露しないこと。
一、賢いふりをしないこと。
一、おっぱいにこだわらないこと。
一、詩人を気取らないこと。
一、褒めすぎないこと。
一、恋文を書こうとしないこと。

第十話　続・見どころのある少年へ

八月九日

こんにちは。

和歌山からお手紙ありがとう。とてもうれしかった。

新幹線にのることができてよかったですね。先生がすんでいるところにも新幹線がとおっていれば、京都までもっとはやくいけるのになあと思います。

「しらはま」の写真もありがとう。先生は子どものころ、あまり海にいったことがないのです。だからスイカ割りの写真はとてもうらやましい。おばあちゃんの弟さんは筋肉むきむきでたいへんお元気なマッスルじいちゃんですね。アーノルド・シュワルツェネッガーかと思った。先生は本屋のおじいさんからビデオをかりて、「ターミネーター」を見たばかりなのです。ところで、水着のお姉さんたちは美人ですね。おっぱいばかり見ては失礼ですよ。

先生も中学生のころ、友だち四人といっしょに「しらはま」に行ったことがあります。五人で二泊三日の旅行をしたのですが、とちゅうでケンカになりました。友だちとケンカをするのはよくありません。でもフジイくんという人がたいへんきちょうめんで、先生たちが服をちらかしていると、まるでお母さんのようにがみがみ言うのです。そんなにがみがみ言われると、「かたづけてやるもんか」となりますね。そうするとフジイくんはますますおこるのでした。そんなまじめな中学生がいるのですよ。かないませんね。

　和歌山の海は南の島みたいですね。空の青さがこい感じがします。「のと」にも海水浴場があるけれど、こちらはまた和歌山とはちがう海です。先生は海水浴にいきません。先生はクラゲの研究をしているけれど、じつは海で泳ぐのが苦手なのです。きっと、子どものころに妹をプールにつきおとしたバチがあたったのだ。あんまりほかの人にいわないでください。泳ぐのがとくいだったら、海水浴にいって、そして女の人にもてもてなのですが。

　だから先生は毎日毎日、谷口さんにしかられたりしながら研究をしています。研究はとてもむつかしいです。先生もときどき「いやだなあ」と思うことがありますよ。そして研究なんかやめて、なにかビジネス界にしんしゅつしたいなあという気持ちになります。ベンチャー企業です。

　毎日暑いですけれど、夕方になるとすずしい風がふきます。海はふしぎな色になります。夕方に「のと鉄道」にのるのが先生はすきです。駅のむこうにある森からはセミの声がじわじわしてくるし、夏の雲に夕陽があたってイチゴシロップをかけたように見えます。おいしそうですね。それで、だれもいない。

　ともあれ、まみやくんが楽しく夏休みをまんきつしてるようでホッとしています。

マシマロマン暗殺計画を自由研究してたらどうしようと思ったのです。なにしろ見どころのあるやつなので。

子どもは夏休みのあいだに大きくなるそうです。ぐんぐん泳げば、背ものびるかもしれませんよ。

まだあと一週間もそちらにいるのですね。楽しんでください。

「しらはま」にはミナカタ・クマグスという人の記念館があります。このクマグスという人は昔の人ですが、「粘菌（ねんきん）」とか、いろいろなものを研究した、とてもえらい学者です。自分の手で書いた、たくさんのノートがあります。おもしろいので、お父さんにつれていってもらえばいいと思います。

それではさようなら。

海辺のもりたより

海辺の少年へ

＊

八月十七日

こんにちは。

昨日は送り火でしたね。大文字は見ましたか？　先生はテレビでみました。

京都は毎日むしむしと暑いでしょうね。和歌山とはちがうでしょう。先生のすんでいるところも京都とはちがいます。おなじ日本なのに、町がちがうとこんなにお天気がちがうのはふしぎですね。まみやくんも和歌山にあそびにいって、そういうことがよく分かったと思います。これもまた大事な勉強の一つです。いいことといった。

ミナカタ・クマグスという人がたいへんえらい人だったので、これから夏休みの宿題をがんがんやる、という決心はごりっぱ。マリ先生がお手伝いしてくれるとは、きみはたいへんなしあわせものであります。先生の研究も美人にてつだってもらいたいですね。でも美人がみあたらないのです。美人のイルカなら、いますよ。

古本市の写真ありがとう。はじめての古本市はどうでしたか。きみはあんまりきたない本はすきじゃないみたいだけど、だんだん大人になるとおもしろくなるかもしれない。ああいうのはたくさん本をよんでいるうちに、だんだんおもしろさがわかってくるのです。でもわからない人もいます。

マリ先生はもりみさんといっしょに写真にうつって、うれしそうですね。コマツザキくんはなんだかムッとした顔をしていますね。先生は思うのですが、きっとマリ先生があんまりもりみさんにきゃあきゃあいうので、コマツザキくんはやきもちをやいているのでしょう。というよりも、彼の場合は「やきマシマロ」です。コマツザキくんはますますマシマロみたいになってきた。ふつう夏になると人はやせるものなのに、ふしぎです。

もりみさんはどんな人だと思いましたか。きっと「なんだふつうの人間ぢゃないか」と思ったのではないでしょうか。げんじつとは、そういうものですよ。

きみはやっぱりコマツザキくんが気に入らないようですね。

先生はコマツザキくんの友だちでもあるので、むつかしい立場です。大人の世界でいうところでの「いたばさみ」というやつです。でもコマツザキくんはラムネを買ってくれたんでしょう？　きみは「マリ先生がいるから、ぼくのごきげんをとろうとしている」と、するどいことをいう。たしかにコマツザキくんにはそういうところがありますけど、あんまりいじわるにかんがえないでほしいなあと先生は思います。いじわるに考えなくても、夏のラムネはおいしいのですから。

それと、きみは「コマツザキくんがマリ先生のおっぱいばかり見てる」という。でも「コマツザキくんがマリ先生のおっぱいばかり見てるのを見てるきみ」もまたマリ先生のおっぱいを見ているのではないですか。先生をごまかそうと思ってもむだです。「子どもはおっぱいを見てもいいけど、大人はだめ」ときみがいうならば、「おっぱいのまえでは大人も子どもも平等である」というコヒブミー教授の言葉がありますす。そういうものですよ。しょうがないですね。

このところ、研究にいきづまると、先生はうろうろと海辺の道を散歩します。空は青く晴れて、海の匂いがします。

じっけんしょから北へ五分ぐらい歩いたところに、海に面した田んぼがあります。その先に、海へとびだすようにして、こんもりとまるい小さな森があります。そのなかに神社があるのです。あんまり「こんもり」してるので、先生は「おっぱい神社」という名前をつけました。でも本当は「たけみかづち」という神様をまつってあるので、おっぱいをまつってあるわけじゃありません。

いつも先生はその神社まで歩いていって、しばらくセミの声をきいて、かえってきます。先生にはまみやくんのような夏休みがないので、そうやって一休みするのがこまぎれの夏休みのようなものですね。

先生も古本市にいきたかったですね。

まみやくんのように長い夏休みをもらって、どこか遠くへいきたいです。

遠くへいきたい　もりた

*

やきもちまみやくんへ

八月二十日
拝啓。まみやくんにお知らせです。先生はみじかい夏休みをもらうことになったので、八月二十五日に京都へ帰ります。サンダーバードにのっていくんです。もりみさんが先生のアイデアをつかって小説を書いたので、そのお礼にすきやきをおごってくれるそうです。「みしまてい」のおにくですよ。きみのおうちでも、お正月に「みしまてい」のおにくを買ってきてスキヤキをするでしょう。じょうとうなおにくを食べるのはひさしぶりです。まみやくんはスキヤキすきですか？　きみがもしスキヤキすきなら、いっしょに食べませんか。おうちにアイサツしにいきます。敬具。もりた。

＊

八月二十七日
こんにちは。
先生は今、京都からしゅっぱつする特急「サンダーバード」にのっています。先生の夏休みはあっというまに終わってしまいました。
まず先生はまみやくんのごかいをといておかなくてはいけません。

先生はあそこで「おっぱい万歳」といっていたのではありませんし、あれはおっぱいのビデオでもありません。先生とコマツザキくんは、研究室でクラゲの勉強会をひらいていたのです。あのとき先生たちが上映していたのは、先生のいるじっけんしょで研究している、おっぱい型のめずらしいクラゲ「オパイバンザイエ」のビデオなのです。マリ先生がきみの目にすぐ手をかぶせたのであんまり見えなかったかもしれないけど、きみはおっぱいみたいなものにはきびんにはんのうする人物だから、こうして説明するのです。

先生はけっしてアホではありませんよ。

コマツザキくんといっしょにしないでください。

ほんとうは京都にいるあいだにきみにもう一度会いに行こうと思っていたけれど、ほかにしなければいけない用事がたくさんあって、けっきょく会いに行くことができませんでした。先生の妹にきこうと思っても、「お兄ちゃんにはぜつぼうしました」とか、よくわからないことを言って、何もおしえてくれないのです。へんですね。

でも「みしまてい」で、どこかへいってしまったのはひどい。

きみがもりみさんといっしょにトイレにいったきり帰ってこなかったときは、本当に心配しました。コマツザキくんも先生も、ずっとまっていたのです。

マリ先生からコマツザキくんに電話があって、ようやくあんしんしたけれど、先生たちのおサイフはちっともあんしんではなかった。もりみさんがきみたちといっしょに逃げたせいで、先生たちはこまった立場になりました。あのまま「みしまてい」から、だっしゅつできなくなるところでした。まみやくんには、ああいうイタズラをする大人になってほしくない。

きみはやっぱりやきもちをやいていますね。こまったことです。コマツザキくんをこらしめたいと思ったのは分かるけど、先生までまきぞえにすることはないと思います。

それではさようなら。

もりた

まみやくんへ

＊

九月四日

まみやくん、こんにちは。先生です。

夏休みがおわって新学期がはじまりましたが、元気に学校にいっていますか。先生も子どものころは、夏休みがおわってしまうのがせつなかった。夏休みはどれだけ長くてもいいな！　と思っていました。

きみがあんまりするどいお手紙をくれたので、先生はあまりウソをつくのはよくないな、と思いました。たしかにオパイバンザイエなんていう名前のクラゲはいません。図書館にまでいってしらべたきみのどりょくに、先生はこうさんします。ときには「まけ」をきちんとみとめることもだいじですね。くやしいけれども。

きみのいうとおり、先生はコマツザキくんと同じで、おっぱいをにくからず思っています。「にくからず思っている」というのは、「すき」をちょっとひかえめにいいあらわしたものです。

先生たちのような大人になれば、そういうことをおおっぴらにいうことはできなくなるのです。先生は先生なのだから、まみやくんに自分のそういうところを見せたくなかった。それに、「おっぱいをにくからず思う」のは先生の自由だけれども、そのことをまみやくんにわざわざいうのはまたべつのことです。わかりますか？　おっぱいにかんするかぎり、しょうじきであるべきときと、そうでないときがある。先生はそう思います。

きみといっしょにスキヤキを食べているとき、「今夜はだいじな研究だ、ぐへへ」とか、コマツザキくんと話をすべきではなかった。きみともりみさんの好奇心をしげきしたのがわるかった。これは先生もわるいし、コマツザキくんもわるい。もっと、こっそりやるべきでした。

でも、もりみさんはひどいですね。ぼくとコマツザキくんの考えていることなんて、もりみさんはわかるはずなのに、おとめたちをつれて大学にのりこんでくるなんて。きっともりみさんはもてもてになりたくてやったのでしょう。本当に、ああいう大人になってはいけない。

まみやくんはあのことで、マリ先生がコマツザキくんをきらいになると思っていますか。もしそうなったらどうしますか。きみはかしこいので、いろいろたくらんでいるのではないかと思います。あんまりわるだくみをすると、わるい大人になるぞ。

先生の知り合いにオオツカさんというわるい大人がいて、いつも先生にいじわるをします。今もオオツカさんと先生はたたかっています。これはきびしいたたかいです。

たたかいに疲れると、先生は「おっぱい神社」までさんぽに出かけます。昨日、タニグチさんがおっぱい神社の森の入り口で、何かをたくらむ悪い人みたいな顔をしてタバコをすっていたのでびっくりしました。「やあチェリーボーイ。青春してるか？」と、いわれました。どこにいってもタニグチさんがいます。こわいこわい。

この人も油断なりませんね。
いい大人になってくれるとうれしい。
さよなら。

もりたいちろう

まみやくんへ

＊

九月十七日
こんにちは。九月をはんぶんすぎたのに、まだ暑いですね。
それでも先生は上機嫌です。
なぜなら、こないだの手紙で書いたオオツカさんというわるい人をやっつけたからです。この人はとても美人なのですが、いつもいじわるなことを考えていて、いじわるをするためにはしゅだんをえらばないオソロシイ人です。先生はもう一年以上も、この人にいじわるをされてきましたが、ようやくぎゃふんと言わせることができました。まみやくんも人にいじわるをしてはいけない。でもしつこくいじわるをしてくる人とは、たたかわなくてはいけません。

おっぱいのことについて、先生の立場を分かってくれてうれしいです。

まあ、いろいろフクザツなのです。

コマツザキくんとマリ先生のこともフクザツです。きみはマリ先生がすっかりおこって、コマツザキくんをきらいになってしまうと思っていましたか？　きみがちょっとエッチなことをいっただけで「はれんち！」と言ったマリ先生が、なぜコマツザキくんを「はれんち！　はれんち！」といって、きらいにならないのでしょうか。コマツザキくんとマリ先生のあいだに、いろいろ大事なつながりがあるからです。それがきみには見えません。先生にも見えません。それはコマツザキくんとマリ先生の二人だけのことだからです。

コマツザキくんはけっして、「すごくえらい」人ではない。ハンサムでもない。マシマロみたいにふわふわしてるので、運動神経もあまりよくない。きみよりも走るのはおそいかもしれない。でも、コマツザキくんはコマツザキくんなりにいっしょうけんめいになることもあるし、やさしいところもあります。それもまた、きみには見えていないところです。そういうところをマリ先生はよく知っているのだと思います。

きみは「コマツザキくんは自分よりも年上なだけだ」といいますが、それはだいじなことですよ。きみがどれだけがんばっても、きゅうに大人になるわけにはいきません。コマツザキくんもお湯をそそいでふくらませてマシマロになったわけではない。彼もじりじりじりじり、ゆっくりマシマロ、いや、大人になったのです。

来週になればコマツザキくんは研究のために、こちらにきます。

運動会の練習がんばってください。きみは走るのは速いですか？

もりた

まみやくんへ

＊

九月二十八日
こんにちは。

すごい台風がきましたね。海がざわざわして、たいへんぶきみでした。でも台風が夏をおっぱらってしまったようです。空が高くなって、秋になりました。京都もすずしくなったのではないでしょうか。

運動会の写真ありがとう。

きみがそんなに運動ができるとは知りませんでした。先生はあまり運動がとくいではなかったので、ざんねんながら運動会はにが手でした。おかげで、今も「万国旗〕（いろいろな国の旗です）を見ただけでお腹がおもくなってしまいます。

今はコマツザキくんとよくしゃべります。彼はじっけんにつかうサンプルをとるために、三週間、このじっけんにいっしょにいることになったのです。さっそく、タニグチさんに「マシマロボーイ！　何やってんだ！」「マシマロボーイ！　この無知無知野郎！」といわれて、まるいマシマロのように海辺をころげまわっています。「無知」というのは、「勉強がたりない」ということですから。無知無知はいけないですね。

きみも無知無知野郎にならないように気をつけましょう。

マリ先生がさみしそうにしているとのこと。コマツザキくんは海辺をころげまわって汗だくだけれども、それをきいたらうれしがると思います。コマツザキくんにマリ先生に手紙をかけばいいと先生はすすめています。先生は手紙を書くのがとくいですから、コマツザキくんに教えてあげようとおもっています。

もうすぐもりみさんの本が出るそうなので、マリ先生に教えてあげてください。

きみがひさしぶりにエッチなことをかいてきたので、先生は「お！」と思いました。

きみの気持ちは分かります。そうなのです。赤ちゃんというのはそういうふうなしくみで生まれてくるのです。先生も初めてそのことを知ったときには無知だった

266

ので、「そんなへんてこな！　そんなのはウソだ！」と思いましたよ。でも、やはりどうしてもそれが本当らしいのです。もっとも、先生は実際に赤ちゃんが生まれるところを見とどけたわけではないので、ぜったいとは言いきれませんけど。

はじめのうちはショックかもしれませんが、だんだんなれるのでだいじょうぶです。あまり思いなやまないようにしてください。どんなへんてこなことにも、いずれ、なれます。

赤ちゃん誕生システムの勉強はほどほどに。マリ先生にしかられますぞ。

もりた

まみやくんへ

＊

十月八日

こんにちは。すっかり秋になりましたね。

今日コマツザキくんと「あなみず」へいく途中、電車の窓から、田んぼのあぜ道に「まんじゅしゃげ」がさいているのを見ました。なぜ先生たちが「あなみず」という港町にいったかというと、こちらにいる間に一度、「のと鉄道」を終点までのってみようと思ったからです。むかしは「のと鉄道」はもっともっと先まであって、「こいじかいがん」というところに通じていたのですが、今は「あなみず」までしかありません。

「あなみず」の駅前はがらんとしていて、コマツザキくんと二人でいるのに、とてもさみしいかんじがしました。しばらく町をさんぽしてから、なんだか空がくもって寒くなったので、駅の待合室で自動販売機のコーヒーをのみました。まみやくんは信じないかもしれないけれど、その帰りしな、「のとかしま」の駅でUFOを見ました。暗くて見えにくかったのですが、海の上を黒くてまるい物体がすーっと飛んでいったのです。世の中にはいろいろふしぎなことがおこりますね。

マリ先生がコマツザキくんからの手紙をうれしがっていたこと、きみはあんまりなっとくできないようですね。もちろん、なっとくできるようなことではないけれど。きみがあんまりこだわっているので、先生は心配しております。

きみは本当にマリ先生にもういちど挑戦するつもりですか。

マリ先生はちゃんとした人だろうから、ちゃんときみに返事をしてくれるだろうと思いますけれど、先生はあんまりおすすめしません。マリ先生はコマツザキくんのふわふわ感に夢中だし、きみは教え子です。「そんなの関係ない」ときみはいうけれど、これはだいぶ不利な戦いですよ。

きみだってなやんでいるのでしょう？

なぜ言いだせないか、というと、それはマリ先生がどこかへいってしまうのがつらいからです。もしきみが何もいわずにちゃんとまじめに勉強していれば、マリ先生はこの先もずっと君に勉強をおしえてくれるでしょう。でもきみがマリ先生のことが好きだと知ったら、マリ先生は先生であることをやめてしまうかもしれない。きみがいくら「まじめに勉強する」といっても、マリ先生がどう思うかは、だれにも分かりません。

それでもきみは突撃しますか？

先生はどちらがいいともいえません。そもそも先生には、そんなことをきみにいろいろ言う資格がないのです。

よく考えてください。

もりた

まみやくんへ

＊

十一月三日

拝啓。

久しぶりにお手紙をもらって、うれしく思いました。

先生はもうすぐ京都へ帰ることになり、今日は一日中ひっこしの準備をしていました。といっても、先生にはそんなに荷物はないのです。明日は水族館にでかけて、しんせつにしてくれたイルカたちにおわかれを言ってこようと思います。半年はあっという間にすぎましたが、いろいろなことがありました。京都へ帰る日には、谷口さんが駅まで見送りにきてくれるそうです。こわい人だけれど、やさしいところもあるのです。

マリ先生が家庭教師をやめてしまったところを読んで、先生もせつない気持ちになりました。きみもせつなかったろうと思います。でもマリ先生はマジメな先生だったということ。それを分かってあげましょう。

先生が思うに、マリ先生はべつにきみのことがきらいになったわけではない。でも先生は先生なので、やっぱりこまってしまったのでしょう。

今はとてもくるしくて、いろいろなことを考えるかもしれないけれど、じっとがまんするしかありません。それだけしか先生にはいえないのです。先生はきみほどやる気がある小学生ではなく、アホ犬のナツと穴ぼこをほることにしか興味がなかったので、そんなせつない思いをしたのはずっとあとのことでした。

いまはとてもくるしいでしょうが、じっとがまんです。

それだけしか先生には言えないのです。

コヒブミー教授の書いた本に出ていたのですが、こういうお話があります。

かつて彼は恋文をたくさん書いたのですが、書きためた恋文を送るあてがなくなってしまい、こまっていました。ゴミ箱にすてるわけにはいきません。お母さんに見つかるからです。また、外にすてにいくわけにもいきません。だれかに拾われたらこまるからです。そこで彼は家の裏庭にでて、もてあましていた恋文に火をつけました。めらめらと燃える炎、たちのぼる煙。そうやって彼はムダになった恋文を一通一通、火にくべていましたが、やがて遠くからけたたましいサイレンの音がきこえ、赤い光が近づいてきました。彼の妹が火事とかんちがいして、消防車をよんでしまったのです。町はおおさわぎになり、何をもやしていたのかとお母さんたちに問い詰められたコヒブミー教授は、はずかしさのあまり、もうすこしで死んでしまいそうだったということです。

このお話から何を学ぶべきでしょうか。

べつに何も学ばなくていいのです。

でも世の中には、こういう切ない想い出をもつ人がたくさんいる、ということを知っているだけで何だかホッとしませんか。少なくとも、先生はそういうお話をたくさん知っていて、それは先生の財産です。

先生はきみに教えてあげたいと思いながら、教えられないことがたくさんありました。きみには内緒にしていることも、たくさんあった。ちょっといいかっこうをしすぎたところもあります。なぜならば先生は先生であって、きみの友だちではないからです。それが先生というものなのです。

けれど、先生はときどき想像しました——きみがもっと大きければ、先生ときみはいい友だちになれたのではないだろうか、と。なぜなら君は見どころのある少年だからだ。

もうすぐ先生は京都に帰ります。

天狗ハムを持って行きます。

守田一郎

見どころのある少年へ

第十一話　大文字山への招待状

十一月六日（森見登美彦より守田薫宛て）

拝啓

日に日に秋の深まる候、いかがお過ごしでしょうか。

小生はたいてい机の前でふくれております。

先日、『きつねのはなし』という本ができ上がりました。書店で見かけることなどございましたら、「売れろ」と念じて頂ければ幸甚に存じます。刊行記念のサイン會もございます。人前に出るのは恥ずかしいですから、影武者をつかうことになるでしょう。お兄さんの守田一郎君は私の影武者気取りでしたから、彼に依頼しようと思うのですが如何？

紅葉狩りにはまだ早いですが、賀茂大橋から望む山々も紅葉してまいりました。

貴女は秋はお好きでしょうか？

「秋は切ない」と言うような甘ちょろい人たちは、どしどしメランコリックになればよかろうと思います。秋のメランコリックは紳士淑女のたしなみだ。街路をゆく人々がひとしく憂いを漂わせ、冷たい秋風が路地を吹き抜ける。なんと素敵な季節でありましょうか。

しかし秋風は虫歯にしみるのが難儀です。小生が虫歯になったのは、この夏に「初恋の味のする飲み物」を飲みすぎたゆえ。近所の御霊《ごりょう》神社で「初恋の味がする飲み物」を飲んで夏を満喫したむくいがこれではやりきれない。歯磨きという些末事《さまつごと》を怠っただけで、虫歯という恐るべき罰を受けるのは理不尽です。なぜ自然に治癒しないのか。おかげで執筆もはかどりません。すべては虫歯が悪いのです。

歯医者は最後のお楽しみにしておいて、今のところは繰り返し、貴女からのお手紙を読んで痛みをごまかしております。頭を絞って何か作ろうとするよりも、ハンモックに横になって、読者からのお手紙を読んでいるほうがずっと楽です。何も書かずにお手紙だけ読んでいられるならば極楽です。それでまた〆切が危うくなる。まったく迷惑千万だ。

小生、嘘を書きました。責任転嫁はいかんぜよ！

読者からお手紙をもらうのは、たいへん嬉しいことです。愛が重すぎて、「It's too heavy デスヨ！」と呻《うめ》いてしまうこともありますが……。四畳半で途方に暮れるだけの人間であった私に、日本全国の見知らぬ人たちが手紙を書いてくれるのは、とても不思議な現象です。こんなことは似非《えせ》文学青年の妄想だと思っておりました……。守田君は「私が文通を利用して乙女たちとのアバンチュールに耽っている」と言いましたが、それほど私は阿呆ではない。恋文とファンレターの間にある繊細微妙な溝を見分ける能力ぐらいはあるつもりです。

貴女のお手紙のおかげで、私は守田君について詳しくなりました。面白かったのは、貴女の目から見たお兄さんと、私の目から見たお兄さんが、あまりちがわないということでした。よくよく裏表のない、悪くいえば工夫のない人ですね。

小生には、お兄さんの現実逃避ぶりについて説教する資格がありません。つい先日まで学生時代の崖っぷちに居座って、「詩人か、高等遊民か、でなければ何にもなりたくない」と呻いていた人間だからです。貴女はたいへんお兄さん思いの妹さんですから、心配されるのも無理はない。しかし小生の見るかぎり、守田君はさほど救いようのない人ではありません。口を開けば「恋文代筆のベンチャー企業」とか「おっぱい万歳」とか阿呆なことを口走っていますが、あれは彼の栄養源のようなもので、ああいうことを書いて自分を鼓舞しているのです。本当の彼は、もう少し知恵があります。あるはずです。

はなはだ無責任な立場から、小生は彼の勇気ある跳躍を期待するものです。期待するだけでよいならば、こんなに楽な仕事はありませんね。

ところで守田君は「兄の沽券にかかわる」と言って口に出さないですが、いつも貴女には感謝しているそうです。これは本当のことですよ。ただし、小生が暴露したことは胸にしまっておいてください。そして、つぎに彼と会うときには、本質を突くことは控えて、優しく接してあげればよいと思います。彼にも尊敬すべきところはありますよ。人間だれにだって、一つぐらい取り柄はあるものです。

長々と書いてしまいましたが、じつは今回のお手紙はお誘いです。

仕事に嫌気がさしていたので、「実益のないことがしたいなあ」と守田君に愚痴をこぼしていたところ、「一緒に大文字山から赤い風船でも飛ばしませんか」と誘われました。その実益のなさに感服いたしました。

〆切なんぞそっちのけで、宛名のない手紙を書いてみたところ、あれほど書けなかった文章がすらすら出てきて、大長編になりました。森見登美彦氏は如何にして戦い、敗れ去ったか。ピカピカと輝くＤＶＤボックス、本棚から溢れ出す魅惑的な書物たち、黒髪の美女との温泉旅行の妄想、部屋を埋め尽くす読み切れないファンレター、次々と現れる強敵たち。果たして〆切に間に合うのか……この傑作書簡を赤い風船に結わえて、大文字の火床から秋晴れの空高く飛ばし、縁もゆかりもないどこかの人に我が苦しい境涯を訴えようという素敵な計画であります。拾った人は災難ですね。

「大日本乙女會」の皆様もご一緒に如何です？

宛名のない手紙を書いてみませんか？

もしお付き合いいただけるようでしたら、拙著の著作権をお譲りする所存です。

赤い風船を無事に飛ばしたあとは、スキヤキ大宴会＆パジャマパーティにご招待致します。唐突な申し出に、さぞや戸惑われたことと存じますが、御来臨いただければ幸甚に存じます。十一月十一日土曜日の午後二時、大文字山の火床でお待ち申し上げます。

匆々頓首
森見登美彦拝

守田薫様

*

十一月六日（守田薫より森見登美彦宛て）

拝啓

森見登美彦さま、こんにちは。守田薫です。

今日、兄が実験所を引き払って京都へ帰ってきたので、駅まで迎えに行きました。父が「迎えに行くこと」と家族会議で決めてしまったのです。多数決ですから、父と母が賛成すれば絶対に行かなければなりません。民主主義の横暴だとぷんぷんしながら出かけて、京都駅の三省堂書店に立ち寄ったら、森見さんの新刊が並んでいました。もちろん買いました。これから拝読するのが楽しみです。

この半年、兄がたいへんお世話になりました。執筆活動でお忙しいのに、兄の「文通武者修行」にお付き合い頂きまして、ありがとうございました。兄はひねくれたことを書いて一人で面白がるところがあって、森見さんにもご迷惑をおかけしたのではないかと心配しています。でも、能登の実験所にいる兄にとって、文通は良い気晴らしになったようです。兄は一人暮らしは初めてですから、家族には強がっていても、本当は淋しかったんだろうと思います。

兄は照れ屋なのでご本人には言いませんけれど、森見さんにはとても感謝しております。先日京都にいったん帰ってきたときも、「森見さんは本当にスバラシイ大人物である」「書く小説はともかくとして、本人は聖人君子である」としきりに言っていました。兄は森見さんを尊敬してるんです。森見さんはご存じないかもしれないけれど、兄は森見さんが書いた文章をノートに書き写して、文章の練習をしたこともあるようです。だから、どうか兄をお見捨てにならず、兄の阿呆な言動を笑って許して頂ければ嬉しいです。

森見さんはお元気ですか？　きちんと栄養をとってらっしゃいますか？

私はあいかわらず、高等遊民を目指して頑張っています。

というのは嘘。本当は宇宙飛行士。

「高等遊民」とか言っていると、兄にまた叱られますね。兄は自分のことは棚に上げて、私にお説教ばかりするのです。心配してくれるのはいいんだけれど、まず社会的地位を確保してから言って欲しいもんだな！　とか、辛辣なことを考えます。父と母も、兄のことはいつも心配して家族会議ばかり開いています。私よりも兄のほうがよっぽど先行きが分からないです。

兄の言うことは、ときどき冗談なのか本気なのか分からなくなることがあります。「恋文代筆のベンチャー企業を作る」とか。兄は私にも恋文について意見を求めてきましたけど、私は恋文なんか、いりません。なぜならば、そんな関係になることが想像もできない人から恋文をもらっても気持ちが悪いだけだし、そんな関係になることが想像できる人だったら、恋文なんていうまわりくどいことをしないで、口で言って欲しいと思うからです。もちろん、恋人同士だったら恋文もアリだと思いますし、そういうのはステキです。逆に言えば、恋人にまともな恋文の一つも書けないような知性のない男は願い下げです。でも兄の言うように、どんな女性でも口説き落とせる「恋文の技術」なんて存在しないのは明らかです。

というようなことを兄への手紙にも書いたのですが、分かっているのでしょうか……

兄のことを考えると、いつも「困った人」と思います。

兄は昔から、いたずら小僧で、不器用で、気が小さくて、泣き虫で、そのくせつよがりばかりの子どもでした。でもまあ、あんな兄にもやさしいところがあって、雨の日には一緒にゲームをしてくれたり、チョコミントアイスを奢ってくれたりしたこともあります。チョコミントアイスを奢ってくれたのは、私をプールに突き落とした償いですけど。兄は「獅子が我が子を千尋の谷に突き落とすように、兄は妹をプールに突き落とす」とか言ってましたけど、ホントもう、何を言ってんだかと思います。

なんだか兄のことばかり書いてしまって申し訳ありません。

今回のお手紙の本当の目的は、お誘いです。

じつは大日本乙女會の面々で、秋の大文字登山を企画しています。ただ登るだけでなくって、何か面白いことをしようという話になって、私は「赤い風船に手紙をつけて飛ばそう」という提案をしました。

むかしのことですが、兄が赤い風船に手紙をつけて飛ばして、文通相手を見つけたことがあったんです。残念ながら途中で手紙がこなくなってしまったそうですけど、兄はとても楽しんで手紙を書いていました。相手から手紙が届いた日の兄の嬉しそうな顔を今でも憶えているくらいです。兄が恋文や文通武者修行に執着するのは、きっとこのときの楽しい想い出が原因になっているのだと思います。

そんなことを思い出して、私は「赤い風船 from 大文字山」計画を立てました。

宛名のない手紙を書いて赤い風船につけて、大文字山から天高く飛ばそう。

そこで、森見さんにお願いがあります。

ぜひ一緒に手紙を書いて、赤い風船を飛ばしてもらえませんか？

森見さんのお仕事の邪魔をしてしまうのは心苦しいですが、でも、きっと、森見さんの心の潤いに貢献できるはずと自負しています。

赤い風船を無事に飛ばしたあとは、スキヤキ大宴会&パジャマパーティにご招待致します。唐突な申し出に、さぞや戸惑われたことと存じますが、いらしていただければ、こんなに嬉しいことはありません。十一月十一日土曜日の午後二時、大文字山の火床で待っています。

かしこ

守田薫

森見登美彦様

*

十一月六日（谷口誠司より大塚緋沙子宛て）

拝啓

修士論文の調子はどうだい。

俺が手紙を書くなんて、初めてのことかな。念のために言っておくが、守田の文通武者修行とかに影響されたわけじゃないぜ。誤解してはこまる。俺は誰の影響も受けないのだ。ほんの気まぐれで、たまには手紙でも書いてみるかと思ったまでだからな。

そういえば、先日、守田と一緒に和倉温泉に行った。そのあと、恋路海岸まで行ってみた。恋が実る鐘があって、俺も鳴らした。しかし、あの海岸は秋に行くところじゃないな。あまりの淋しさにびっくりした。

守田とはいろいろな話をした。

守田はなかなか見どころのあるやつだ。ひねくれてるように見せて、素直なところもある。「オオツカさんにも感謝してます」と言っていた。さんざんいじめられて、それでも感謝するところに、あいつの器の大きさを見るね。もうちょっとあいつに優しくしてやったらどうだい？　あんまり意地悪してやるなよ。九月のあれはひどかった。

守田を見ると、あいつは明らかにこの道には向いていないと思う。実験はヘタクソだし、論文一つまともに読む根気もない、そもそもやる気がない。だからハッキリとそう言ってやった。漫然と人生の袋小路に迷い込んでいくのが見ていられなかったのだ。ということは、俺もなかなか人間がまるくなったな。院生の頃は自分のことに夢中で、他人なんか放っておいたもんだが。

最近、一日の仕事を終えて、オオツカドリンクを飲みながらマンドリンを弾いたりしていると、将来のことをいろいろと考えがちだ。昔のことも思い出す。俺もがむしゃらにやってきたが、がむしゃらだけでは何ともならないのかもしれないと反省することもある。もう三十だ。何か一つの壁に突き当たっているという感じだ。これを乗り越えればなんとかなるのか？　それとも俺は乗り越えないでもいい壁をほじくっているのだろうか……それが一番不安なことだ。小学生の頃は「頑張ればノーベル賞がもらえる」と思っていたけど、今にして思えば、スゴイことを考えてた。「なんとかなると思っても、なんともならんこともある」と和倉温泉のラーメン屋のおやじにも言われた。あたりまえといえばあたりまえなんだが、自分の人生に重ね合わせると、「あたりまえ」なんて言えねえよ。ノーベル賞は冗談にしても、俺にも誇りがある。だが、このまま手をこまねいていると、この誇りが腐ってしまいそうな気がしてならない。

とかなんとか書いていると、きっとヒサコはケラケラ笑うだろうな。

それはそれでかまわない。そういうところが好きだ。あんまり愛想がないのも悪いので、いちおう書いておくけど、I love you っていうやつである。

今日は守田が京都に帰るというから、用事ついでに七尾駅まで見送りに行ってやった。俺が来るとは思っていなかったらしい。

「成果はほとんどなかったぜ。本当に卒業できるのかい、ベイベー？」

俺が言うと、守田は「でも文通の腕は上がりました」と得意がっていた。なんでも代筆する自信があります」というんだ。いくら大勢と文通したからって、代筆は無理だろう。「じゃあ、大塚さんのふりをして、谷口さんに手紙を書いてみせましょうか？」なんてナマイキなこと言うんだぜ。

「できるもんなら、やってみろ。でもそんな時間があったらちゃんと勉強しろ」

「おいっす。谷口さんも京都に遊びに来てください。猫ラーメンを食べましょう」

そう言って守田は帰っていった。

そんなことを言われたので、食べたくなった。

今月の十一日の夜はどうしてる？

守田も俺の手を離れたし、べつの仕事も一段落ついたので、京都に遊びに行こうと思ってる。九月以来忙しくて会ってないし、ちょっと、いろいろあってこじれちゃったろ。ゆっくり話がしたい。いっしょに猫ラーメンが食べたいぜ。

そういえば、守田はヒサコからの伝言を聞いて、ガゼンやる気を出していた。

ここだけの話だが、十一日には相手の女の子を誘って、大文字山に登るそうだ。

赤い風船に手紙をつけて飛ばすとか、意味の分からないことを言っていた。実験のアイデアは出ないくせに、そういうへんなことはいくらでも思いつくらしいな。

十一月十一日土曜日の午後二時、大文字山の火床のところだ。

邪魔しに行ったりしたらダメだぜ。おもちゃのピストルで赤い風船を撃ち落としてやろうとか、そんな意地悪するなよ。面白いけどさ。

それじゃあ、これぐらいで。

十一日に会えたら嬉しい。

敬具

谷口誠司

ヒサコ・オオツカさま

追伸

絶対に！　絶対に！　面白いに決まっているが、守田の恋路の邪魔だけはしないでやってくれ。

十一月十一日土曜日の午後二時、大文字の火床には近づかないこと。

＊

十一月六日（大塚緋沙子より谷口誠司宛て）

　こんにちは。

　元気してますか？

　ワタシはここ数日冷え冷えの麦酒を飲みすぎて焼き肉を食べすぎて胃をおかしくしちゃったけど、それをのぞけば元気です。めずらしく禁酒。だから手紙書いているのです。

　ワタシからの手紙ってめずらしいでしょう？

　ちょっと手紙が好きになってしまいました。今年はたくさん手紙を書いたから、慣れたんだと思います。守田君がナマイキにもワタシに文通をヨーキューしてきたのです。

　顔を合わせたらへいこらしているのに、手紙だと彼はとてもいばってます。

　アンタ何様？

　彼の文通弁慶ぶりにはあきれましたが、でもオモシロかった。ちょっと図に乗りすぎていたので、九月にはこらしめましたけど。

守田君は、「何を喰って育つと、そんなに肝が太くなるのか教えてください」とか書いてた。失礼ですね。守田君の肝はひよこ豆サイズです。「何を食べて育つと、そんなに肝が小さくなるの？」って返事を書いてやりました。ワタシもうまいこと書くんです。でも守田君はほかの人とも文通してたらしくて、よくそんなに書くなあと、さすがのワタシも感心いたしましたものです。守田君の新しい一面を見つけました。すごい。そのエネルギーをほかのことに使えばいいのにね。

守田君は手紙によく「谷口さんはえらい人だ」と書いてました。叱られて凹《へこ》んだりもしてたようだけど、やっぱり感謝しているようです。そのあたり、守田君も頭は悪いなりに成長したんですね。身のほどをわきまえるのはいいことです。

修士論文はほとんど書き終わってます。追加作業はほとんどないんだけど、来年入ってくるカワイイ四回生たちがワタシの実験を引き継ぐので、その準備とかをしてます。あとはもう、卒業旅行と就職の準備ぐらい。

だから心配いりません。

ワタシはなんでもサッサと片づけてしまうのが好きです。目の前に色々な用事がもたついてきて、中途半端で手つかずのものが残ってると、ぷりぷりしてくるんです。どこかに出かけるとか、守田君をいじめるとか、そういう楽しい用事はべつだけど。もう守田君が京都に帰ってくるので、たっぷりいじめてやらなくては。九月にはだいぶ反省したようだけど、放っておくとすぐ図に乗るもん。修士論文なんかでぐずぐずしてたら、守田君をいじめる時間がなくなってしまいます。これは一大事です。

来年の四月にはワタシも就職です。

もう大学でやりたいことは全部したので、心残りなことは何もなし。

内定者の集まりにも何度か出てきた。元気のいい勘違い人間もいるので、戦いがいがありそうです。でもこれからはワタシもれっきとした社会人ですから、乱暴なことはひかえようと、これでも神妙に考えておりますです。はい。ケンカもなるべくしません。それにワタシは誰でもいいからいじめるような人間ではございません。ちゃんと上手にやり返してくれる人じゃないと、陰湿になっちゃうから、やりません。守田君は好敵手だったなあ。彼と喋っていると、いくらでもいじめるアイデアが浮かんでくるし、彼はへこたれないから。そういう意味では、守田君はえらい人なのかしらん？　でもそんなこと言うと、きっと彼はつけ上がるだろうな。

（今、研究室でこの手紙を書いているんですが、守田君はとなりでわいわい喋っています。さっき京都に帰ってきたばかり。「おっぱい事件」のことを私がからかったら、「学術的興味からしたことで」なんて言い訳をしてるのであきれます。宇宙的規模の馬鹿ですね）

守田君のことを書きすぎですか？

たまには焼き餅を焼いてくださっても、かまいませんよ。

だいぶ長い手紙を書きました。

手がつかれちゃった、おかげさまで。

お忙しいでしょうからもう終わりにしますけど、最後にお願いです。

守田君も帰ってきたことだし、何か楽しいピクニックでもしようかしらんと思って、三枝さんに計画を立ててもらいました。大文字山にみんなで登って、そこで彼の恋文朗読会を開きます（彼は恋文の技術を確立したそうです。どんな女性でもたちどころにめろめろにする恋文を書くっていうハズカシイ技術！）。そうして守田君が恥ずかしさに耐えかねて斜面を転げ落ちていったところで、みんなで赤い風船に手紙をつけて飛ばすつもり。

すごい、メルヘンチック。

たまにはそういうカワイイことをやってもいいでしょ？

「恋文なんて読み上げるのはカンベンしてください！」って、守田君が今まさにワタシのとなりで叫んでます。心苦しいですけど、カンベンする理由がないのです。

十一月十一日土曜日の午後二時からなんですけど、仕事抜けて京都に来られませんか？　守田君とか、ほかの後輩とかも来ます。夜にはスキヤキ食べます。

よく考えたら、また肉だぜ！

肉が好きなの。

お忙しいとは思いますが、前回はワタシがそちらへ行ったんだから、今回は時間を作って京都へ来てもらえればとてもとても嬉しいです。

もし来られないようでしたら、はやめに連絡ください。絶交しますから。

それではまた会う日までサヨウナラ。

愛をこめて　ヒサコ・オオツカ

谷口誠司様

＊

十一月六日（三枝麻里子《まりこ》より間宮少年宛て）

拝啓
　こんにちは。マリ先生です。
　まみやくんは元気ですか？　次の家庭教師の先生はきまりましたか？　お風呂では耳のうしろをちゃんとあらっていますか？　きちんと勉強していますか？　あんまりエッチなことばかり考えていては、モリタ先生みたいになってしまうから気をつけてね。

　きゅうに家庭教師をやめてしまったこと、本当にごめんなさい。先生がいちばん心配しているのは、「マリ先生は自分のことがきらいになったんだ」とまみやくんが思うことです。でもそういうのとはちがうのです。

　マリ先生もまみやくんを教えられなくなるのはざんねんだったけど、やっぱりやめたほうがいいと思ってやめました。先生もよく考えたのですが、先生が勉強を教えるのはまみやくんのためにならないと思うんです。

　まみやくんの気持ちはうれしいけれども、先生には好きな人がいます。まみやくんも知っているでしょう?　マシマロみたいな人ですけど、とてもおもしろいし、やさしい人なんですよ。先生の気持ちはかわらないと思います。

　マリ先生はまみやくんのことを見どころのある少年だと思っています。祇園祭や古本市にいっしょに出かけたのはたのしい想い出。だからまみやくんに勉強を教えることはできないけれど、また会えればいいなと思っていました。

　じつはもうすぐ、だいもんじ山でもりみとみひこさんの「しゅっぱんきねん会」というものがあるそうです。モリタ先生からおさそいがきました。もりみさんや、モリタ先生や、まみやくんを食べちゃおうとしたオオツカさんも来るそうです。

　みんなでいっしょに、だいもんじ山から赤いふうせんをとばすそうです。

お手紙をむすびつけてね。

きっとたのしい会になると思うので、まみやくんもいっしょに行きませんか。

十一月十一日午後一時に、「ぎんかくじ」のまえで待っています。

かしこ
三枝マリ子

まみやくんへ

＊

十一月六日（小松崎友也より三枝麻里子宛て）

拝啓。

こんにちは。

守田君の文通武者修行にならって、僕も手紙を書いてみることにしたよー。

マリちゃんが守田君と話をしたのは、今日が初めてだったんじゃなかろうか。前回会ったときは、あんな状況だったから（反省しております）。

あれが噂の守田君なんです。能登島水族館のイルカとねんごろになっているとか、「方法的おっぱい懐疑」とか、マリちゃんにはいろいろと先入観があるから不安だったかもしれないけどね、まあ本物の守田一郎氏はあんなのです。それなりに紳士ですよね。

　僕に吉田神社に願を掛けろと言ったのも、ぷくぷく粽を持って行けと言ったのも、お見舞いにカーネーションを持って行けと言ったのも、ぜんぶ彼だったということをもう知ってるよね。ぜんぶ裏目に出ちゃったけど、でも終わりがうまくいったので、僕はやはり彼に感謝してるんです。裏目と裏目を合わせると表になるんだ。

　マリちゃんがあきれ果てたアノ上映会も守田君が企画したもんだけど、まああらためて言うけど誤解しないで。彼はそれなりに真剣だった（あくまでそれなりに）。彼は僕がマリちゃんの前で挙動不審になる癖を直すために、ああいうことをしたんだ。ちょっと弁護しておかないと、やっぱり彼がかわいそうだからね。

　まあマリちゃんもご存じの通り、すべては無駄でした。認めます。

「おっぱいから自由になること。すべてはそこから始まる」と守田君は言ってたけどさ、でもおっぱいに膝を屈して、本当の自分を認めるところから始めてもいいよ。僕はそう思います。本当に。

　こんなこと書くと、守田君はまた僕を阿呆呼ばわりするだろうけれどもね。

　守田君とは大学に入った頃からの付き合いなので、おたがいがどんな人間か、どのていどの阿呆か、いやというほど分かってる。彼は僕を「阿呆の新地平を切り開く男」と言いたがるけれど、彼もそうなんだ。でも外から見るよりも阿呆の内訳は複雑で、波長の合う阿呆というものはそう簡単に見つけられるもんじゃないんだ。阿呆ならいいってもんじゃないよ。だから僕は彼のような友だちを得ることができたことを誇りに思っている。断言できます。

（こんなことを書くと心配するかもしれないので念のためにつけ加えると、僕らは二十四時間阿呆であるわけではありません。僕と守田君は、「ここぞ」というときだけ、ふだんは隠してる阿呆力を解放するのです。その「ここぞ」という時が一致している。波長が合うというのはそういうことなんだろうと思う。）

ところで、十一月十一日の午後は空いていますか？

守田君から頼み事がありました。

十一日の午後に、彼は伊吹さんと大文字の大のところで会う約束をしたそうです。赤い風船に手紙をつけて飛ばすらしい。あいかわらず変わったことを考えるなあと思います。そのときに、僕らも付き合ってくれないかというのです。

これはダブルデートみたいなことになるので、以前の守田君なら「魂の清らかな人間のすることではない」とかなんとか言うところなんだけれど、彼も半年間京都を離れている間に人生観が変わったのかもしれないね。

いずれにせよ、彼の頼みなので、一度ぐらいは付き合ってやろうと思います。

十一日の午後一時に銀閣寺《ぎんかくじ》前で待ってます。

大文字山からの眺めは素敵です。その素敵さはマリちゃんの持つ数々の素敵さに匹敵するだろう。実験でお茶目な失敗をするところ。研究室の隅でふと物思いに耽っているときの表情。お茶の時間におやつをみんなが手をつけるまで食べない慎み深さ。人と語らうときに浮かべている微笑み。長い黒髪。その他もろもろ。おっぱい。

こんな阿呆で申し訳ございません。

しかし、それ以外の分野では、僕は全力を尽くして、阿呆にならぬよう努力する。たとえ守田君に「阿呆の新地平を切り開く男」とおだてられても、できるだけ新地平は切り開かないようにしますので見捨てないでください。

こんな僕ですが、どうか今後もよろしくお願いします。

君と出会えたことを幸せに思っています。

敬具

小松崎友也

三枝麻里子様

追伸

守田君と伊吹さんのこと、研究室では絶対に話題に出さないでください。

大塚さんが知ったら、大文字山まで出かけるに決まってるから。

あの人はそういうおそろしい人です。

*

十一月六日（守田一郎より小松崎友也宛て）

拝啓。

今日は京都駅までわざわざ出迎えに来てくれてありがとう。

この半年、いろいろなことがあり、絶交しそうになったりもしたけれども、とりあえずは長く文通を続けてくれたことを感謝する。そして九月末から三週間、俺の代わりに鬼軍曹谷口さんの罵倒対象になってくれたことを感謝する。そしてなにより、我々の友情が終わらなかったことを素直に喜びたい。

終わらなかった友情に甘えて、ここにいくつか頼み事がある。
一、十個の赤い風船（ヘリウム入り）を入手する。
二、風船を持ち、十一月十一日午後一時までに銀閣寺の前に行く。
三、三枝さん、間宮少年と待ち合わせる（来る手はずは整っている）。
四、午後二時に大文字の火床に集合。

以上である。

俺の腕が確かならば、森見登美彦氏、俺の妹、谷口さん、大塚緋沙子大王、三枝麻里子さん、伊吹さん、君、間宮少年、そして俺の九人が大文字火床に集まるはずだ。

半年間の文通武者修行の成果をご覧《ろう》じろ。

あと、どうせすぐばれるから君だけには先に謝っておくが、彼女への手紙を勝手に代筆した。

笑って許せ。

文通の達人　守田一郎

我が友　小松崎・マシマロ・友也様

第十二話　伊吹夏子さんへの手紙

十一月五日

拝啓。

天高く馬肥ゆるの候、いかがお過ごしでしょうか。

あの雨降りの卒業式のあと、ひとり雄々しく社会という荒海に船出する伊吹さんを、小松崎君と万歳三唱で送り出してから、もう八ヶ月になります。雨に煙る百万遍《ひゃくまんべん》交差点で傘を差して振り返り、雨天をものともせぬ晴れやかな顔で笑っていた伊吹さんには、船長の風格がありました。そもそも舞鶴の海洋実習のときから、伊吹さんには船長の風格がありましたね。僕と小松崎は船酔いでぶったおれておりましたっけ。

人生航路の首尾は上々ですか？

こんなことを訊ねると、「守田君、自分の航路を心配したほうがいいよ」と仰るかもしれない。よく言われます。妹にも言われる。能登島水族館のイルカたちも、内心ではそう思っているのかもしれない。

卒業式の日、「またいずれお酒を呑みませう」と約束しましたが、果たせぬままに時間が過ぎてしまった。僕はそもそも京都にいなかったのである。八月末に研究室でちらりとお見かけしたけれど……いや、あの事件は後回しにしましょう。どうか！　お待ちくださいｌ。「このド助平野郎が！　死ねッ！」と破り捨てるのはお待ちください。不肖守田一郎、たしかに精神の貴族ではありますが、どうせ死ぬならばモリタ・ド・スケベーの称号は謹んで返上してから畳の上で死にたい。

　この半年、僕は能登鹿島臨海実験所というところへ派遣されていました。能登半島、七尾湾に面した小さな実験施設です。

　卒論発表のあと、教授に呼ばれて、以下のような会話が交わされたのである。

「ずうっと思っていたんだが、守田君にはひどく甘えたところがある。このまま大学院に残っても、ロクな成果が出せないと思うね」

「同感です」

「ちょっと揉まれてこい。やわらかい気骨を今のうちに叩き直すんだな」

「同感です。山伏修行ですか？」

「卒業できるかどうかもアヤシイのに、そんな暇はない。それにそんなことをすると、君は本当に山伏になってしまうだろう」

「同感です」

「君のことは谷口君に頼んである。彼なら、性根を叩き直してくれる。彼は後輩たちから『軍曹』と呼ばれている男だ」

　僕をその研究所に送り込む計画は、一年前から教授の胸中で温められていたらしい。獅子は我が子を千尋の谷に突き落とすといいます。二度と這い上がれないほど深い谷底へ突き落とすほど、教授の僕に対する愛は深いのです。愛が重すぎる……かくして、僕は可愛い新入りたちの顔を見ることもなく、京都発のサンダーバードに乗って旅立ったのです。車窓から虹が見えました。それから、赤い風船に手紙をつけて空へ飛ばしている小さな少年を見ました。

四月からは七尾駅のそばで、初めての一人暮らし。

能登鹿島臨海実験所までは、能登鉄道という一両編成の小さな電車に乗って通いました。実験所の所長は、教授の研究室時代の先輩にあたるそうです。設立当初からうちの研究室とは交流があり、僕が半年間お世話になった「鬼軍曹」谷口さんも、我々の先輩にあたるとか。

この谷口さんは謎の腔腸動物を浸した精力増強ドリンクを暴飲する癖があり、七尾湾の海べりを歩きながらマンドリンを抱えて自作の歌を裏声で歌う怪人、「罵倒の広辞苑」と言うべき口の悪さはずいぶん僕の心胆を鍛えてくれましたが、正直なところ「明日にでもクタバレ」と思ったことは数知れない。でも本当は良い人なのですよ。

能登鹿島臨海実験所のまわりにはほとんど何もありません。

少し北や南へ行けば海沿いの集落がありますが、コンビニエンスストアも遥か彼方《かなた》。

無人の能登鹿島駅で電車を待っていると、ひっそりとして、たいへん淋しい気持ちになります。それだけに、研究に集中するほかない環境なのです。

谷口さんに罵倒される。実験する。罵倒される。勉強する。罵倒される——そんな生活。有益すぎて生き甲斐が感じられない。分かってもらえるだろうか。無益な生活に馴染んできた人間にとって、有益な生活はストレスフルライフなのです。

かくして、気晴らしが必要となった。

それが「文通武者修行」です。

遠く京都の街で暮らす友人たちに手紙を書き、文通の腕を磨いて、ゆくゆくは希代の文通上手として勇名を馳せよう、温かい魂の籠もった手紙を世界中にばらまいて世界平和に貢献しよう、ノーベル平和賞をとってやるぞコノヤロウ！　と夢想しました。

「なぜ関係者各位に手紙を書いたのに、伊吹さんには書かなかったのか？」

それを今から説明します。

僕はまず小松崎君、大塚さんと文通を始めました。

彼らの手紙を照らし合わせることによって、僕は賀茂川べりの新歓バーベキューで起こった出来事を立体的に思い描くことができました。伊吹さんまで参加しているし、小松崎君は桜舞い散る土手で見え見えの恋に落ちているし、遠い海辺の実験所に島流しにされた身としてはうらやましかった。恋の一つも忍べない小松崎君をからかうのは、さぞ楽しかったろうなあと想像します。

我々が研究室に入った春の新歓を覚えていますか？

賀茂川レースにおける小松崎君とのデッドヒート、大塚さんの仕掛けた罠にはまってあえなく転倒したこと、伊吹さんがそっと差し出してくれた玉子色のタオル。けっきょく、あのタオル、まだ使っています。今日もベランダに干してあります。七尾の町を渡っていく秋風に翻る幸福の玉子色タオル。

今日はたいへん良い天気ですなあ。

関係ないけど。

問題は小松崎君です。

阿呆の新地平を切り開き続けるトップランナーである彼は、関係者各位に筒抜けのまったく忍べていない恋の悩みを長文に書き綴ってきました。

僕もかつては左京区一のトラブルメイカー兼トラブルバスターとして名を馳せた男ですから、腕まくりして恋愛相談稼業を始めた。「君は腰がすわってないからダメだ。願を掛けろ」と、吉田神社システムを推奨して彼の恋愛成就を図る一方、かつて家庭教師をしていた間宮少年とも文通を始める。さらに花の女子高生として恋に勉強に悩んでいるであろう妹のことが心配になったから、「宇宙的規模の偉大さをもった兄を誠心誠意尊べば成功間違いなし」と説いて尊敬を得ようとしました。

　これで腕ならしは完了です。

「そろそろ伊吹さんへの手紙を書こう」

　そんな矢先、実験の失敗が重なり、ついに谷口さんの怒りが頂点に達しました。第一次不動明王降臨です（第七次までありました）。鬼軍曹に徹底的に絞られて涙も涸《か》れた深更、ひとりポツンと研究所に居残って、大学時代の研究室を懐かしんだ。

　僕も小松崎君もゼミ発表がへたくそでした。教授にこてんぱんにやっつけられた僕がロータリーエバポレーターの陰で泣き濡れていると、伊吹さんが林檎酢入りヨーグルトをくれたりしたものです。お返しに僕が献上するのは、苺大福であった。伊吹さんが小さな大福を握りしめ、「苺大福は知力のミナモト！」と力強く宣言していた姿を思い出します。仰る通り、甘味物の応酬をすると、いささか頭脳が明晰になった気がした。

　苺大福食べてますか？

　くれぐれも食べ過ぎにご注意ください。

　桜が散って新緑の眩しい季節になっても、僕は多忙を極めます。

　小松崎君は狙い澄ましたように誤手を打つ。「恋が成就するまでパンツを脱がない」とか言い出したのです。そこ！　笑いごとではありませんよ！　成人男子のくせにどこまで阿呆なんだと彼を説得しているうちに、四月は終わってしまい、けっきょく伊吹さんへお手紙が書けなかったのであります。

五月も右往左往するうちに過ぎていきました。

大塚さんが研究室の後輩たちに「守田君は能登島水族館の雌イルカとねんごろになっている」と根も葉もないことを吹聴し、僕の評判を落とすという事件もありました。大塚さんという人は「面白いか否か」という判断基準だけで生きているのだから困りますね。

小松崎君の迷走は止まらず、意中の人に捧げるために、血も凍るほどの恥ずかしい詩を執筆する始末。谷口さんは常住坐臥怒っている。妹はニーチェを読んで何かむつかしいことを書いてきたりする。うちの妹のことは「大日本乙女會」でご存じでしょう？　やたら本質を突きすぎる宇宙飛行士志望乙女です。小松崎君は正しい道に戻さねばならないし、谷口さんの怒りはおさめなくてはいけないし、妹には幸せの在処を教えてやらねばならない。

さすがにそれだけではへたばってしまうので、和倉温泉に湯治に出かけたり、一本杉通りの「みのわ書店」のおじいさんと世間話をしたり、天狗ハムを食べたりして英気を養いました。天狗ハムって知っていますか？

そんなこんなで、八面六臂《はちめんろっぴ》の活躍をしているうちに、アッという間に五月は終わり。

幾度か、伊吹さんに手紙を書こうとはしたのです。

伊吹さんは就職したばかりなのだから、何か「頑張れ」と励ます手紙を書こうと思った。でもよくよく考えると、僕がそんなことを言わなくても、伊吹さんは頑張る人である。大学時代、「もう少し頑張らないで欲しい」と思ったほどである（こっちの肩身が狭くなるから）。しかし「頑張るな」とも言い難い。なぜなら、我々は頑張らねばならぬからである。

じゃあ、何を書けば、グッとくるイイ手紙になって、伊吹さんが僕に一目置いてくれるようになるだろうか……というようなことを悩んでいるうちに、ますます書けなくなる。そのせいで、僕は厄介な文通相手を一人増やしてしまいました。伊吹さんもよくご存じの駆け出しの作家、森見登美彦氏です。彼は文章を書くのが仕事だから、素晴らしい手紙の書き方を知っているに違いないと踏んだのです。

伊吹さんは彼の新刊を読みましたか？

三回生の頃、伊吹さんがクリスマスイブの森見さんのサイン会を楽しみにしていたこと、よく覚えてます。スノーマンのアドベントカレンダーから取り出したチョコレートを、哀れな我々に配ってくれた。明治維新以来、こんなに心優しい人間がいたろうかと思いましたですよ。ホントに。

森見さんに手紙を書いたのは失策でした。連日のように手紙が来るのです。そして肝心の手紙の書き方は教えてくれず、ひたすら創作についての悩みなのです。かえって僕が気を遣って、森見さんを元気づけなくてはならない。「真面目に仕事をしなさい」と、僕ごとき人間が書く。「今そこにある仕事を片づける大切さ」を現役作家に説くのですからあきれたものです。

六月には研究室の人々が金沢へ旅行に来たらしいのですが、哀しいことに僕には声がかかりませんでした。大塚さんが「守田は文通修行中！」と箝口令《かんこうれい》を敷いたらしいのです。なんと切ないことをする人でしょうか。

それでも僕は書かなくてはならぬ。小松崎君がストーカーになりかけているところを救い、谷口さんの第二次〜第四次不動明王降臨を切り抜け、我が妹に愛嬌の大切さを懇切丁寧に教えているうちに梅雨が始まり、能登鉄道に揺られながら七尾湾にかかる虹を眺めているうちに六月は終わった。

七月もまたどたばたしていました。

小松崎君が惚れていた三枝さんに、僕のもと教え子である間宮君が恋をしてしまい、鋭敏な少年の相談に乗るのがたいへん。妹から大昔の借金を返せと督促状が来たので、信頼関係回復に努める。研究所生活のストレスによって全身の産毛が抜け、小太りのマシマロ宇宙人が後頭部に着陸する悪夢にうなされる。寝ぼけて達磨を齧って歯を痛める。そんなに過酷な日々を生きているというのに、森見さんからは「三嶋亭でスキヤキ食べたぜ！」と自慢げな手紙が舞い込む。そして我らが小松崎君は、七夕という行事に浮かれ、「ぷくぷく粽」という謎めいた菓子を食わせて、みごと意中の人のお腹を粉砕。かまわないので、笑ってやってください。

七夕で思い出しました。

みんなで青竹のコップにお酒を入れて飲んだことがありましたね。

「七夕と言えば竹だよね」

大塚さんの命令に従ったせいで、危うく犯罪者の烙印《らくいん》を押されるところでした。竹を伐採しているとき、夕闇の向こうから植物園の管理人さんが近づいてきたのが見えたとたん、大塚さんは韋駄天のごとく駆け去った。「面白い」と思えば後輩を扇動し、ひとたび状況がきな臭くなれば人を事件の渦中に置き去りにして鮮やかに身を引く。大塚さんは天才ですね。

あのときは助けに来てくれてありがとうございました。あらためてお礼を言います。僕は言い訳をしない男なので、もし伊吹さんが救出に来てくれなければ、きっと今もまだ管理人室に座って黙秘権を主張しながらつつましく暮らしているだろう。学生たちに怪しまれながら竹を二人でワサワサ持って帰り、大塚さんに突撃して一矢報いたのは楽しかった。溜飲《りゆういん》が下がりました。七夕宴会、楽しうございました。

ぷくぷく粽で三枝さんのお腹を粉砕してから、小松崎君はすごかったのです。お見舞いのカーネーションで彼女がアレルギーを起こす、にもかかわらず祇園祭の宵山で間宮君をつれている彼女に突撃、血も凍る詩の朗読、彼女の逃走と失踪、小松崎君のインドへの逃亡、ガンジス川奇跡の再会、次々と着陸する宇宙船、二人の出逢いを祝福して踊る小太りのマシマロ宇宙人たち……後半は若干、嘘が交じっていますが、めくるめく失策と逆転のつるべ打ちでした。そのあたりの事情は、「大日本乙女會」で三枝さんから聞いているかもしれません。

僕はずいぶん小松崎君に手紙を書いたし、心配もした。そのために伊吹さんへの手紙も書けなかったほどです。でも、けっきょく彼は、僕などとは無関係に、うまく三枝さんのハートを射止めました。その一方でかわいそうだったのは間宮君です。彼を慰めるために、僕はまた慎重に手紙を書かねばならなかったのです。

忙しくなるにつれて、僕の書く手紙はますます乱暴になりました。森見さんはうまい手紙の書き方を教えてくれませんしね。だからとても伊吹さんに手紙を書ける状況ではなかった。その頃、僕はどの手紙でも怒ってばかりいたように思う。

そもそもは気晴らしで始めたことなのに……。

そのうち梅雨も明けて、能登に夏が来ました。

蟬の鳴く夏山、能登島の向こうに盛り上がる入道雲。

でも今年の夏はびっくりするぐらい荒涼とした夏でした。気晴らしは、せいぜい実験所のそばにある神社まで散歩に出かけてカルピスを飲むぐらい。そのたびに僕は京都で暮らした夏のことを考えたものです。

夏休み期間になると、煩わしい自転車の群れも消え、大学はガランとしていた。実験の合間、中庭を照らす夏の陽射しを眺めながら、みんなで伊吹さんの持ってきたカルピスを飲みました。カルピスは初恋の味がするそうな。誰もが甘酸っぱい初恋の思い出を開陳する中、頑なに黙秘を続けて伊吹さんに呆れられたことも思い出した。

今になって白状すると、僕は初恋の人に会ったことがないのです。

空へ飛んでいく赤い風船、紙を埋め尽くしていく自分の字、通学路にあるポスト、そして郵便屋さんのバイクの音、彼女から来たお返事の封筒の手触り、彼女のきれいな字、ときおり入っているヘンテコな挿絵……それがカルピスが連れてくる思い出です。

つまり文通。淋しく終わった文通です。

僕の初恋は文通だったのです。

それにしても、僕は文通武者修行に打ち込みすぎたようです。

八月になると帰宅するたびに郵便ポストに手紙が入っている。読んでは書き、読んでは書く。考えている暇もない。とにかく書く。小松崎君からは「オ○パ○が気になってしょうがない。○ッ○イが好きでたまらない」（プライバシー保護およびセクシャル・ハラスメント防止の観点から伏せ字にしております）と、阿呆な悩みを打ち明けられる。実家では両親が僕の将来を心配して、本人欠席のもとに家族会議を開催する。妹からは子どもの頃にプールに突き落としたことを責められる。登美彦氏はあいかわらず弱音を吐くばかりなので、小説のアイデアを提供する。和歌山の親戚の家に行った間宮君から手紙が来たので、それにも返事を書く。それだけの作業をこなしながら、谷口さんと激論を戦わし、勉強し実験する……

守田よ、君はそれなりによくやった。

不手際で実験がやり直しになり、「むーん」とふて腐れているときには、伊吹さんと一緒に徹夜した日々を思い出したものです。

僕や小松崎君が「なにゆえこんな目に！」と泣きべそをかいている隣で、伊吹さんは椅子《いす》を淡々とならべ、そのうえに伸び伸びとくつろいで、健やかな寝息を立てて仮眠をとっておられた。脱いで揃えておいた靴にゴ○ブ○（精神衛生上良くないため伏せ字にしております）が入り込んでいることに気づいて、高いところから降りられない小動物みたいに椅子の上に丸まって絶叫しておられた。そして気晴らしに猫ラーメンを食べに出かけたりもした。教授の顔写真を拡大コピーしてお面を作り、卒論発表の模擬訓練もしましたね。伊吹さんの声色が堂に入っていたので驚いたものです。小松崎君は、本当に教授が来たと思って、お面をつけた伊吹さんに土下座してた。

愉快でした。

というようなことを考えているうちに、もう五山送り火です。

森見さんは黒髪の乙女たちと一緒に見たと自慢の手紙を書いてきた。それが伊吹さんたち「大日本乙女會」のことだと知ったのは後のことです。まさか、そこに小松崎君も一緒にいたとは思わなかった。僕はＮＨＫで観ました。

送られてくる手紙を読んでいるうちに、夏休みもない生活が腹立たしくなってきました。七尾駅に止まるサンダーバードを見るたびに、飛び乗ってしまいたい衝動に駆られるようになりました。

かくして僕は京都に潜入し、あの事件が起こったのです。

ここまで長々と日常的な出来事を振り返ってきたのは、こうしてガムシャラに書いているうちに奇跡的なひらめきが僕を訪れ、理論的かつ紳士的な言い訳を発見できるかもしれないと思ったからです。でも発見することができませんでした。

謝罪します。

ごめんなさい。

モリタ・ド・スケベーでした。

破廉恥でした。

もう、しません。

八月以降、伊吹さんに手紙を書けなかったのは、あの事件のためです。

自分の名誉を守ることができる、あわよくば尊敬してもらえるような理論的言い訳はないだろうか……そんなことを考えているうちに、よけい書けなくなってしまった。こんなことになるのならば、もっと早く、素直に書いておくべきでした。

妹には「お兄ちゃんには絶望しました」と言われました。

すまん。妹よ。


あの事件のショックから立ち直る間も与えられず、能登鹿島臨海実験所に戻った僕は、大塚緋沙子大王との戦いに巻き込まれました。そもそも自分でまいた種でした。大塚さんの使っていたパソコンをこっそり隠して、今や天下を取った気でいる大塚さんにお灸《きゅう》を据えてやろうと思ったのです。

「そんなことをしても、きっと自分がひどい目に遭うだけだから、やめておいたほうがいいよ」という伊吹さんの声が聞こえてきそうですね。

その通りでした。ひどい目に遭いました。危うくすべてを失うところだった。あまりにひどい目に遭ったので、詳述する元気もありません。

僕はけっきょくのところ大塚さんに一矢報いることはできなかった。あの人はあのまま、全生涯を駆け抜けるのでしょう。しかし、それもまたよし、と今は思うようになりました。どうしたって、勝ち目がないんです。

長く暑かった夏は、そんな風にして終わっていきました。


秋はメランコリックな季節です。

文通も続け、研究も進め、そして就職活動を始めなくてはいけない。

伊吹さんがエントリーシートを書いていたり、スーツ姿で研究室に立ち寄ったりするのを横目で見ていた僕ですが、いよいよ順番が回ってきた。つひに行く道とはかねてききしかど昨日今日とは思わざりしを。かつて森見さんは「詩人か、高等遊民か、でなければ何にもなりたくない」と僕に向かって言い放ったことがあります。ヘルマン・ヘッセの剽窃《ひょうせつ》らしいけれど、僕も同感です。

エントリーシートを書くというのは、難しいものですね。

なぜだか、清い心で書いているようには見えない。「それは清い心で書いていないからだ」と森見さんに指摘されたけれど、そんなことはない。とてつもなく清らかだ。森見さんは「熱い情熱で相手のハートを鷲摑み」とか、何の役にも立たないことを言う。腕まくりをして自分を売り込もうとすると、深夜の通販番組の売り文句みたいになり、胡散臭さは指数関数的に増していく。実のところ、アピールするものがまるでない。まるで恋文を書いているような気分になりました。思い悩んでは、「詩人か、高等遊民か、でなければ何にもなりたくない」と呟いてみる日々。

なんとかならんのか！　ムキーッ！　と思って、森見さんに八つ当たりの手紙を書いたり、サンプル採集のために実験所にやってきた小松崎君と和倉温泉に行ったりＵＦＯを発見したりしているうちに、研究所を去る日が近づいてきました。

谷口さんが最後に和倉温泉に泊まってみるかと、連れて行ってくれました。僕らが泊まったのは「海月」という宿です。海月はクラゲのこと、我々の研究対象ですよ。

温泉につかって、宿でお酒を酌《く》み交わして、いろいろな話をしました。

最初のうちはしみじみとお話をしていたのですが、だんだん酔っぱらってくる。

谷口さんの口調は乱暴になってきます。「海月」で交わされた人生にまつわる討論について、すべてを思い出すことができませんが、ようするに谷口さんは「おまえにはこの道は向いていない」ということが言いたかったのです。

「実験所から出て行け、二度と戻ってくるんじゃねえよ。目糞鼻糞虫め！」

それからは大騒ぎ。宿の人に「いいかげんにしてください！」と言われました。

「二度と戻ってくるものか！」

「言ったな。二度と能登の土を踏むな」

「もちろんだ！　やむを得ぬ！」

そんな感じです。酔っぱらっていたのですね。

やむを得ぬ——これは伊吹さんの言葉です。

雨の卒業式のあと、僕は伊吹さんに言ったはず。

「君は人生の荒海に乗り出すのであるな？」

「守田君は乗り出さないの？」

「乗り出すべきか、乗り出さざるべきか」

「またそんなこと言って！」とアハハと笑われた。

「伊吹さんだって、『乗り出したくないなあ』と思うこともあるだろ？」

僕がそんな目糞鼻糞虫的なことを呟くと、伊吹さんはべつに馬鹿にすることもなく、ニッコリ笑って言いました。「思う思う思う。でも、『やむを得ぬ！』」あんなに楽しげに「やむを得ぬ！」という言葉が口にされるのを見て、僕はとても感心したのを憶えています。じつに素晴らしい。

僕もああいう風に「やむを得ぬ！」と言える境地に到達すべく精進すべきだと思います。これから毎朝、ニッコリ笑って「やむを得ぬ！」と言おう。そうして何でもやってみせ、伊吹さんに追いつけ追い越せ、やむを得ぬのだから！

それにしてもこの半年、僕は膨大な手紙を書いたのですが、いったい何をやっていたんだろうと思った。そもそも自分は誰の心も温かくする「文通」の腕を磨いて、世界平和に貢献するつもりではなかったか。それなのに、僕は文通を通じて、いらいらしたり、怒ったり、嘘を書いたり、かえっておかしなことになっている……。

妹からの手紙に、こんな一節がありました。

「お兄ちゃんはワガママで偏屈で、何かというと威張ったり、ふてくされてばっかりいるけれど、なぜそんなに文通してくれる人がいるのでしょうか。みんながお兄ちゃんの手紙にこたえて、手紙を書いてくれるっていうのは、とてもすごいことではありませんか。それをお兄ちゃんはすごいことだと思わないんですか？　ありがたいことだと分かってるんですか？」

うちの妹はしばしば本質を突くのです。

それじゃあ幸せになれんよ、と思っていたけれども、ときには本質を突くのも悪くないな！　と思ったですよ、今回ばかりは。


京都に帰る日が来て、僕は七尾駅からサンダーバードに乗ることにしました。思わぬことに谷口さんがわざわざ駅まで見送りに来てくれました。彼はいつものように髪をくしゃくしゃにして、革のジャンパーを着て、逃亡中の強盗犯みたいな顔をしていました。心なしか、駅員さんが用心しているように見えるのです。

「成果はほとんどなかったぜ。本当に卒業できるのかい、ベイベー？」

谷口さんは鬼軍曹なので、そういうことを言います。

僕は平気です。

「手紙書きますよ」と僕が言うと、谷口さんはまるで目糞鼻糞虫の死骸《しがい》を見つけたように、さも嫌そうな感じで顔をしかめました。

「用事があれば電話すりゃいいだろう。なんで手紙なんか書くんだ」

「意味はないですよ。意味はないけど、僕は書くんだ」

「ふん。べつにいいけどな」

谷口さんはそんなことを言いました。
照れ屋なのです。

僕は伊吹さんにどんな手紙を書いたらいいか、分からなくなっていました。こんなことを書くと、伊吹さんは「なんでー！」と驚くか、ひょっとすると不愉快に思ったりもするかもしれないが、どうも僕は伊吹さんに引け目を感じていた。あの卒業式のあと、雨の中をずんずん船出していった伊吹さんを見送って、さしたる目的もなく、ただなんとなく大学に残ってしまった自分に。

だからこそ僕は何か立派なことを書かねばならんと思っていたのです。「こういうことを書けば感心してもらえるかもしれん」「ああいうことを書けば立派な男に見えるかもしれん」と姑息な工夫を凝らしていた。

そうするうちに文通の技術を見失いました。

考えすぎて初心を忘れた。

伊吹さんに本当に伝えたいことを伝えられなくなったわけです。

小学生の頃、僕は文通ＢＯＹでした。

赤い風船に手紙をつけて飛ばしたら、返事が来たからです。「赤い風船の彼女」

は僕よりも三つ年上で、たいへん筆まめで、そして優しく賢い人であった。

　なぜあんなにも夢中になったのであろうと考えるに、それは手紙を書いている間、ポストまで歩いていく道中、返信が来るまでの長い間、それを含めて「手紙を書く」ということだったからだと思います。相手はどんな返事を書いてくるだろうかといつも考えていた。恋に落ちるのも無理はないでしょう。顔も知らない人だけれども、きっと美人だと思った。不思議なことに、確信していた。道できれいな人をみかけると、「あの人だったら、どうだろう？」と思った。

　そうやって中学一年まで文通をして、あの夏、「ああ、自分は恋というものをしていたのだ」と気づいた。

「なるほど。これが恋というものか！」

　当時の僕は今のような紳士ではなく、節度というものがありませんでしたから、ひとたび恋に落ちるや、情熱でポストが炎上しそうな手紙を投函してしまいました。衝動的恋心の濃縮還元書簡の効き目は絶大で、それきり相手との文通は絶えました。「赤い風船の彼女」はビックリしたのだと思います。思いあまって書いたものの投函できずにいた恋文は、まとめて庭で焼きました。そしたら妹に消防車を呼ばれました。涙が出たのは、もちろん、煙が、目に、染みた、だけさ、そうとも。

　だから僕は初恋の人の顔を知らないわけです。

もし今、その「赤い風船の彼女」に手紙を書くことができるならば、僕はもっと上手に書くでしょう。長年の研究の末、「恋文の技術」を開発した僕にすれば、彼女のハートを射止める恋文を書くことなど朝飯前である。嘘である。恋文は冗談としても、少なくとも彼女に、「たいへん感謝している」と伝えたいと思う。なぜなら、彼女が僕に文通の楽しさというものを教えてくれたからです。

相手に話しかけるように手紙を書いていく楽しさであるとか、相手の返事を待っている間の楽しさであるとか、いざ返事が届いて封筒を開けるときの楽しさとか、手紙を何度も読み返す楽しさとか。手紙の中身なんて大した問題ではなかった。当時の僕は悩みを抱えるほど賢くなかったので、悩みを書いたりもしなかった。友だちのランドセルの中でヨーグルトが爆発したとか、近所の犬が自分の尻尾《しっぽ》を追いかけてぐるぐる回転していたとか、夢の中で「もみまん（＝紅葉まんじゅう）」をたくさん食べたとか、そんなことです。でもそれでじゅうぶんだったのです。

かつて僕は正しい文通を知っていたはずです。文通の楽しさも、終わったときの切なさも、身体が覚えている。だから今、僕は文通に励むのであります。

和倉温泉に谷口さんと一緒に泊まった翌朝のことです。

賑《にぎ》やかなおじさんたちにまじって広間で朝食をとっていると、谷口さんが味噌汁をすりながら「じゃあ行くか」と言いだしました。「恋路海岸に」

恋路海岸というのは能登半島の東端にあたり、悲恋の伝説があります。

その昔、愛し合う男女がいて、それを横恋慕した悪者が男を海に突き落とした。そして嘆き悲しんだ女は、男を追って海に身を投げたのです。そういう逸話があるものだから、訪れた人間の恋がなぜか実るという恋愛成就海岸。男二人で行くところではありません。結ばれてしまったらどうするのでしょう。

でも面白そうだったので行くことにしました。

前夜の言い争いはすっかり忘れて、我々はとても伊吹さんには言えないような歌を歌いながら車を走らせた。谷口さんは運転しているので、僕がマンドリンを弾く。弾けませんけど。能登半島を突っ切っていかねばならないので、いくら谷口さんが愛車の運転に慣れているといっても、恋路海岸に到着するまで三時間はかかったと思います。

海岸に沿って走っていくと、やがて悲恋の主人公たる男女の像が見えました。

そして「ニュー恋路」や「珈琲人（こひびと）」「ラブロード」などという素敵な名前のホテルや喫茶店が建つ昭和の風情が残る一角を抜けると、恋路海岸の鐘が見えました。それを鳴らすと、恋が実るという素敵な鐘です。灰色の曇天のもと、誰一人鳴らす者とていない鐘はぽつんとしていました。谷口さんは「おいおい、まさかここかよ」と呆然として呟きました。

季節は十月の終わりです。海水浴の季節でもない。しかも能登の天気は崩れやすく、恋路海岸に我々が到着したときには、分厚い雲がどんよりと垂れ込め、びうびうと吹く風が細かい雨の粒を車窓にぶつけていました。

「サッサと恥ずかしい鐘を鳴らして帰ろうぜ」

車から降りて雨に濡れながら、谷口さんが言いました。

誰かとの恋が実ることを祈って、僕は鐘を鳴らしました。そぼ降る雨の中、人っ子一人いない海岸に鐘の鋭い音が響きました。どう考えても実らなそうだ、と思いました。そして僕が「谷口さんは？」と言うと、彼は「俺はけっこうだぜ」と言いました。僕だけ恥ずかしいことをするのは嫌なので、谷口さんを鐘のところまで引っ張ってゆくのに一悶着《ひともんちやく》。彼はしぶしぶ鳴らしていました。

そして、車に戻ろうとしたとき、僕は灰色の浜辺に何か薄汚れた赤いものが、べったりと落ちていることに気づいたのです。「なんだ？」と思って近づいてみると、それは赤い風船のなれの果てでした。

谷口さんと恋路海岸を出発して珠洲市《すずし》を回りながら、僕はこの四月、京都から能登に向かうサンダーバードの車窓から見た情景を思い出しました。

京都を出発して、琵琶湖の西側を走っているときです。降っていた雨が上がって、比叡山の方角に虹がかかったのです。「虹だ」という声が出たので、僕は窓の外を見ていました。そのとき目に入ってきたのは、田んぼの畦道を歩いている、母親らしき女性と小さな少年です。そしてサンダーバードが通り過ぎるとき、少年は赤い風船を飛ばしました。

ほんの一瞬の出来事でしたが、僕は子どもの頃の情熱が戻ってくるのを感じました。子どもの頃にいっしょうけんめい手紙を書いて、風船につけて飛ばしたように、京都に向かって手紙を書いてやったら面白いのじゃないかと僕は思いました。

それが文通武者修行のきっかけです。

そうして僕はさんざん手紙を書くことになるわけです。

京都に帰る直前になって、恋路海岸で赤い風船を見つけたとき、僕にはそれがあの琵琶湖畔で少年が飛ばした風船のようにも思えたし、自分が子どもの頃に飛ばした風船のようにも思えたのです。

僕はたくさん手紙を書き、ずいぶん考察を重ねた。

どういう手紙が良い手紙か。

そうして、風船に結ばれて空に浮かぶ手紙こそ、究極の手紙だと思うようになりました。伝えなければいけない用件なんか何も書いてない。ただなんとなく、相手とつながりたがってる言葉だけが、ポツンと空に浮かんでる。この世で一番美しい手紙というのは、そういうものではなかろうかと考えたのです。

だから、我々はもっとどうでもいい、なんでもない手紙をたくさん書くべきである。さすれば世界に平和が訪れるであろう。

紳士淑女よ、意味もなく、手紙を書け！

……いいこと言ってますか？

この半年お手紙を書かなかった言い訳を書くつもりでしたが、落としどころが見つからずにずるずると長引いて、こんな手紙になってしまった。そろそろ切り上げます。手紙を書いている間、伊吹さんと喋っているようで楽しかったけれども、そちらが楽しいかどうかはまた別の問題になる。

ここまで読んで頂いて、まことにありがとうございます。

最後に用件を一つ。

このたび、大文字山から赤い風船に手紙をつけて飛ばす集いを企画しました。この半年、僕の文通武者修行に付き合ってくれた関係者各位が集まる予定です。

伊吹さんも御一緒にいかがですか？

赤い風船を飛ばしたあとは、スキヤキ大宴会にご招待致します。もちろん僕の奢り。ではなく、森見登美彦氏の奢りです。森見さんの出版記念祝賀会も兼ねているから大丈夫。これぐらいのことはやってくれるステキな人ですから遠慮いりません。

唐突な申し出にさぞや戸惑われたことと存じますが、御来臨いただければ幸甚に存じます。十一月十一日土曜日の午後二時、大文字の火床でお待ち申し上げます。

匆々頓首
守田一郎

伊吹夏子様

追伸
なんでもない手紙を長々と書いてすいません。
しかしながら、世界平和の一助となるため、なんでもない返信を頂ければ幸いです。守田一郎は文通の達人、なんでもない手紙をいつでも受け付けております。読んでみたいです。
ついでに、守田一郎流「恋文の技術」を伝授致します。コツは恋文を書こうとしないことです。僕の場合、わざわざ腕まくりしなくても、どうせ恋心は忍べません。ゆめゆめうたがうことなかれ。

あとがき　読者の皆様

拝啓
　読者の皆様、お元気でしょうか。森見登美彦です。

　拙著『恋文の技術』が小型化されるということで、こうしてお手紙を書いています。

　冬は終わり、やがて春が来ようとしています。花粉で鼻水が止まりません。執筆の合間に鼻をかんでいると、鼻の深奥が鼻水宇宙的な怖ろしい場所に通じているような気がしてきます。憂鬱な季節ですね。

　この小説は私の八冊目の本にあたり、生まれて初めて書いた書簡体小説であります。

　携帯電話や電子メールが普及した昨今、「手紙を書く」という行為はまどろっこしく、時代に逆行するものと見えるかもしれません。しかしながら、そもそも私はまどろっこしい男であり、時代に逆行するのも望むところだ。そういうわけで、こんな小説を書いたのです。

　先日、とある方が「書簡体小説は小説家が一度は挑んでみたいと思う形式ではないか」ということを仰いました。そうかもしれません。しかし私はそこまで考えていたわけではなく、夏目漱石《なつめそうせき》の書簡集がおもしろかったので、とにかく真似《まね》してみようと思っただけなのです。夏目漱石の書簡集は、とてもおもしろいので、ぜひ読んでみてください。

連載をしていたのは数年前で、そう昔でもありませんが、こうして小型化してみると、守田一郎氏という愛すべきヒネクレ者とお付き合いをしていた当時のことが懐かしく思われます。取材のために訪ねた能登半島のことも思い出します。

この小説においては、森見登美彦氏はなんとも頼りない人に見えるかもしれません。しかし、お待ちください。これはあくまで守田氏から見た森見登美彦氏でありま す。知性と愛に溢れた読者諸賢におかれましては、現実の森見登美彦氏はこんなヘナチョコ野郎ではないということをキモに銘じていただきたいと思う次第です。

実のところ私は、本物の恋文の技術をすでに確立しております。

しかし今の私には、それを皆さんにお伝えする時間的余裕がありません。また、このきわめて高度な技術を説明するには、「あとがき」という余白はあまりにも狭すぎる。

自分の未来を切り開く技術というものは、残念ながら一冊や二冊の本を読んだぐらいで手に入るものではありません。皆さんも守田一郎氏のように手紙を書き、自分なりの恋文の技術を確立していただければと思います。この小さな可愛い本から即効性のある有益な知識を無理矢理引っ張りだそうとするコマッタ方々には、守田氏が書いていた次の一文を噛みしめていただきたいと思います。

教訓を求めるな。

それではごきげんよう。

草々頓首

森見登美彦

平成二十二年三月六日

読者様足下

新版あとがき　読者の皆様

拝啓

読者の皆様、いかがお過ごしでしょうか。森見登美彦です。

『恋文の技術』刊行十五周年を記念して、文庫新版が刊行されるということで、こうして二度目のお手紙を書いています。

前回書いた手紙の末尾を見ると、

「平成二十二年」

とあって、びっくりしてしまいました。

月日の経つのは早いものであります。おかげさまで私も作家生活二十周年という節目を迎えましたが、ちっとも「ベテラン作家」になったような気はしません。年齢を重ねることで気力・体力は順調に減退してきましたが、「書くことへの不安」は新人の頃よりもフレッシュなのです。本当に困ってしまう。

そういうことでいえば、『恋文の技術』を書いていた頃の私は、今よりも自信を持っておりました。さもなければ、こんな作品は書けません。当時は国会図書館に勤めており、並行して他の連載も手がけていたことを考えると、この作品を書き上げたということ自体、ほとんど超人技のように思われます。書簡体という形式を極限まで使い倒し、文章も凝りに凝っており、それでいて大した中身はないのです（良い意味で）。本作は恋文の技術を主題にしていますが、当時の私が持っていた「小説の技術」の集大成であると言えましょう。

本作は私の初期作品としては珍しく、京都以外を舞台にしています。

雑誌連載時、守田一郎君の滞在先は広島でした。しかし平成十九年の秋、たまたま能登半島へ旅行に出かけて、守田君の滞在先は能登半島のほうがずっといいと思いました。京都からの距離感が絶妙だからです。

そういうわけで、単行本化にあたっては、主人公の滞在先を能登半島に変更し、すっかり書き改めることにしました。

担当編集者の皆さんとあらためて能登半島へ取材に出かけたのは、平成二十年十一月のことです。晩秋ということもあって、灰色の雲が分厚く垂れこめ、断続的に雨が降っていました。その印象は本作の描写に影響を与えているかもしれません。写真を見返すと、当時の思い出がよみがえってきます。

七尾の町で立ち寄った「三輪《みわ》書店」という小さな本屋さんは、店内に古いレンタルビデオや軍艦の模型が置いてあって、親切な店主のおじいさんがいろいろなお話を聞かせてくださいました。のと鉄道の能登鹿島駅がとても素敵だったので、その駅前に守田君の通う架空の水産実験所を作ることにしました。和倉温泉では「海月」という旅館に泊まりましたが、その宿は、国会図書館で向かいの席にいた同僚に紹介してもらいました（お連れ合いのご実家ということでした）。宿の斜め向かい側が大きな公衆浴場で、客室の窓からは燦然《さんぜん》と輝いている「加賀屋」が見えました。翌日はタクシーをチャーターして、小雨の降る中、海沿いにある鎮守の森や、恋路海岸、のと鉄道の廃線跡、見附島《みつけじま》などを見てまわりました。

当時の写真には、「恋路海岸」と書かれた木の看板のかたわらに、マッド・サイエンティスト風なボサボサ頭の、二十代の私が佇《たたず》んでいます。

令和六年一月、能登半島地震が発生しました。その知らせをうけて私が思い返していたのは、この十六年前の取材旅行のことでした。和倉温泉、のと鉄道、雨に煙る恋路海岸や見附島、タクシーの車窓から眺めた日本海の風景。あの旅がなければ、『恋文の技術』は生まれていません。この地震で被害に遭われた方々に心よりお見舞いを申し上げます。

最後になりましたが、新版を提案してくださったポプラ社の皆さま、旧版に引きつづきイラストを使わせてくださった中島梨絵《なかじまりえ》さん、そして限定カバーで偏屈なキャラクターたちに愛すべき姿を与えてくださった高松美咲《たかまつみさき》さんに、厚く御礼を申し上げます。
十五周年を迎えた『恋文の技術』が、より多くの人のもとへ届きますように。

草々頓首

森見登美彦

令和六年八月十九日

読者様足下

この作品は、２０１１年にポプラ文庫として刊行された作品の新版です。

恋文の技術 新版

森見登美彦

2024年11月5日　第1刷発行

発行者　加藤裕樹
発行所　株式会社ポプラ社
〒141-8210　東京都品川区西五反田3-5-8
JR目黒MARCビル12階
ホームページ　www.poplar.co.jp
フォーマットデザイン　bookwall
組版・校正　株式会社鷗来堂
印刷・製本　中央精版印刷株式会社

N.D.C.913/335p/15cm　ISBN978-4-591-18382-3

P8101503